TRA LE BRACCIA DEI SUOI AMANTI

PROGRAMMA SPOSE INTERSTELLARI®:
LIBRO 5

GRACE GOODWIN

Published by Grace Goodwin as KSA Publishing Consultants, Inc.

Goodwin, Grace
Titolo originale: Taken By Her Mates

Cover design by KSA Publishing Consultants, Inc. 2020
Images/Photo Credit: Deposit Photos: amoklv, sdecoret

ISCRIVITI ALLA NEWSLETTER

Iscriviti alla mia mailing list per essere il primo a sapere di nuove uscite, libri gratuiti, prezzi speciali e altri omaggi di autori.

http://ksapublishers.com/s/bw

1

essica Smith, Centro Elaborazione Spose Interstellari, Terra

IL PROFUMO oscuro e muschiato della pelle del mio amante mi invase i sensi, mentre premevo la faccia contro la curva del suo collo. Ero bendata, ma lo conoscevo bene. Non avevo bisogno della vista per sapere che era mio. Riconoscevo il suo tocco. Riconoscevo i suoi capelli che mi scivolavano soffici sotto la punta delle dita e la sensazione del suo enorme cazzo che mi allargava, mentre mi scopava con forza. Riconoscevo la forza delle sue braccia, mentre mi sollevavano per i fianchi e posizionavano il mio nucleo bagnato sopra di lui; sapevo che lo avrei preso fino in fondo e avrei gridato il suo nome quando finalmente mi avrebbe concesso di avere il sollievo che tanto bramavo.

Avvinghiai le gambe attorno ai suoi fianchi e gettai la testa all'indietro, mentre venivo riempita completamente. Era alto e forte, un vero guerriero.

Mi sollevava su e giù, e poi mi rilasciava facendomi scivolare sopra il suo bastone. Un altro paio di mani – il tocco gentile del mio compagno – mi accarezzò il collare che avevo attorno alla gola. Conoscevo bene il tocco delle sue mani, sapevo quanto potesse essere tenero e gentile, ed esigente e indistruttibile l'attimo successivo.

Sapevo che la vista della mia figa ben aperta e del mio culo era una delizia per loro. Il suo desiderio mi si accese nella mente attraverso il legame psichico fornito dal collare. Ma quello che mi faceva veramente impazzire era il calore umido che aumentava in mezzo alle mie gambe, mentre il mio primo compagno mi martellava a fondo. Lo strinsi con i muscoli interni, il suo bisogno reso evidente dall'urgenza dei suoi colpi selvaggi.

Riuscivo a percepire le loro emozioni e i loro desideri fisici, la connessione forgiata dai collari che tutti e tre indossavamo era profonda e del tutto incustodita. Non c'erano menzogne, non si rinnegavano la lussuria, i bisogni, i desideri. C'erano solo la verità, e l'amore, e il piacere. Così tanto piacere.

"Accetti la mia rivendicazione, compagna? Ti concedi liberamente a me e al mio secondo, o desideri accettare un altro compagno primario?"

La voce profonda esigeva una risposta. Mi mandò un brivido di piacere lungo la pelle, la mia figa si contrasse attorno al suo cazzo con una forza brutale. Il mio compagno ringhiò di bisogno e mi morsi il labbro per trattenere un sorriso soddisfatto. Il mio primo compagno aveva il diritto di rivendicare la mia figa fino a quando non sarei rimasta incinta... ma il mio secondo? Lui doveva aspettare, assicurandosi pazientemente che il mio corpo fosse pronto per essere riempito da entrambi allo stesso momento.

Senza voler aspettare una risposta, il mio secondo compagno mi baciò sulle spalle. Una mano mi massaggiava il culo, pericolosamente vicina a quel luogo oscuro che avrebbe voluto fare suo. L'altra mano era avvinghiata al mio collo, una presa gentile che mi faceva sentire indifesa, debole, completamente alla loro mercé. "Vuoi che ti scopiamo entrambi, amore mio? Oppure no?"

La mia figa si contrasse di nuovo e il mio primo compagno imprecò, impalandomi col suo cazzo con un'intensità determinata che ero giunta a bramare.

"Sì, accetto la vostra rivendicazione, guerrieri." Quelle parole formali mi scivolarono dalle labbra con un sospiro, scossi i fianchi per strusciare il clitoride contro il corpo del mio compagno, mentre offrivo il culo al mio secondo. "Vi voglio entrambi. Vi voglio adesso."

Le parole mi esplosero dalla gola, ma non erano mie. Non avevo controllo sulla donna con la quale condividevo i sensi, potevo solo guardare, ascoltare... *e sentire.*

Il mio primo compagno si fermò sotto di me e io emisi un gemito, quando mi furono negati i feroci colpi del suo cazzo dentro la mia figa smaniosa. "Ti rivendico ufficialmente. Tu sei mia, e io ucciderò qualunque altro guerriero osi toccarti."

Non mi importava di chi volesse ammazzare, volevo solo che mi facesse sua per sempre.

Il mio secondo compagno continuò a baciarmi riscendendo lungo la mia spina dorsale. Le sue parole non facevano parte del rituale, erano per me. Solo e soltanto per me.

"Tu sei mia, compagna. Ucciderò qualunque guerriero osi *guardarti.*" E, dopo quella frase, infilò lentamente un dito cosparso d'olio nella mia entrata posteriore e mi fece gridare. La nostra prima volta sarebbe stata veloce, perché la nostra passione bruciava troppo intensamente per poter essere rimandata ulteriormente.

Volevo che mi scopassero, che mi riempissero con il loro seme. E poi, li volevo nei nostri alloggi, nudi e da soli. Volevo prendermi il mio tempo con loro. Volevo massaggiare i loro corpi, scoparli e assaporarli ed esplorarli fino a quando i nostri profumi non si fossero fusi assieme, fino a quando il mio corpo non fosse stato troppo dolorante per poter continuare a godere.

Quel pensiero mi fece ritornare in me, e capii che i tre amanti non erano da soli nella stanza. Delle voci maschili riempivano i bordi della mia percezione con un canto soffice. Ero così concentrata sui miei compagni che le avevo completamente ignorate, almeno fino ad ora, quando le voci combinate aumentarono fino a riempire la stanza.

"Possano gli dei proteggerti e assisterti."

Quando il mio secondo compagno sfilò il dito dalla mia entrata posteriore e puntò la punta del suo cazzo contro il mio buco vergine, tutti gli altri furono completamente dimenticati. Quando spinse in avanti e mi allargò... sempre di più... sempre di più, quando due cazzi mi riempirono, seppi di essere stata reclamata per davvero.

"Signorina Smith."

No. Questa non era la voce dei miei compagni. La scacciai via mentalmente.

"Signorina Smith."

Di nuovo quella voce. Era la voce di una donna, ed era severa.

"Jessica Smith!"

Mi spaventai. La mia mente fu trascinata via dai due uomini che mi circondavano per... no, no, non c'era nessun uomo attorno a me. Mi trovavo nella stanza elaborazione. Non avevo un cazzo nel culo, né nella figa. Non c'erano due corpi tonici che mi circondavano. Non potevo sentire il loro calore o inspirare il loro potente odore. Il loro collare non mi pesava attorno alla gola.

Aprii gli occhi sbattendo le palpebre. Una volta, due. Oh, già. La Custode Egara. Quella donna rigida e formale incombeva su di me.

"I test sono completi, e l'abbinamento ha avuto successo."

Mi leccai le labbra, erano secche. Provai a calmarmi. Avevo il cuore che mi batteva a mille. Potevo ancora *sentire* gli uomini, ma la sensazione stava svanendo velocemente. Volevo allungare le mani e afferrarli, trattenerli a costo della vita. Era la prima volta che mi sentivo protetta e al sicuro, amata e desiderata. E non erano nemmeno i miei uomini.

Risi e la Custode alzò un sopracciglio.

L'unica volta in cui mi ero sentita al sicuro era stato in un sogno. La realtà... la realtà era una stronza.

"È finita?" chiesi. Avevo la voce un po' rauca, come se avessi urlato di piacere mentre stavo sognando. Dio, spero di no. Era come russare con un nuovo amante, ma peggio. Parecchio peggio.

La Custode doveva essere soddisfatta di qualunque cosa mi avesse scorto in viso, perché annuì e si sedette al suo tavolo. Lei si sistemava su una semplice sedia di metallo, e io ero ancora legata alla sedia per i test, indossando solamente un camice da ospedale con il loro del Programma Spose Interstellari che si ripeteva su tutto il tessuto grigio. Guardai in basso. Attraverso il tessuto sottile riuscivo a vedermi i capezzoli, duri ed eretti. Senza dubbio poteva vederli anche la Custode, ma non disse nulla.

"Per il verbale. Il suo nome, per favore."

"Jessica Smith." Mi contorsi sulla sedia e mi accorsi che la vestaglia sotto di me era zuppa.

"Signorina Smith, è o è mai stata sposata?"

"No."

"Ha figli?"

"Conosce già la risposta."

"Sì, ma è necessario compilare il verbale prima del trasporto. Per favore risponda alla domanda."

"No, non ho figli."

Toccò lo schermo un po' di volte senza guardarmi. "Signorina Smith, sono tenuta a informarla che avrà trenta giorni per accettare o rifiutare il compagno scelto per lei dai nostri protocolli di abbinamento." Mi guardò. "Lei è la terza donna della Terra ad essere stata abbinata a questo pianeta. Mhmm."

Avevo i miei dubbi riguardo ai test e all'essere stata abbinata con successo. Sulla Terra non avevo trovato nemmeno un uomo che mi interessasse, e quindi mi deprimeva un po' il doverne cercare uno per tutto l'universo.

Ma perché poi nel sogno durante il test c'erano due uomini? C'era qualcosa di sbagliato in me, se avevo avuto tale sogno? Certo, il mio compagno non sarebbe stato entusiasta nel sapere che facevo dei sogni perversi dove lui non era il solo.

"Anche non fosse soddisfatta del suo compagno, non potrà tornare sulla Terra. Potrà richiedere un nuovo compagno primario dopo trenta giorni... ma sempre su Prillon Prime. Potrà continuare con questo processo fino a quando non troverà un compagno che la soddisfi."

"Prillon Prime?"

Non l'avevo mai sentito nominare, ma non voleva dire niente. Non avevo mai sentito nominare la maggior parte degli altri pianeti, né sapevo niente delle razze che li abitavano. Ero stata troppo occupata col mio lavoro, con la mia vita sulla Terra, per poter pensare alla vita nello spazio. Ma tutto era cambiato abbastanza velocemente, cazzo.

"Mi sento come una prigioniera. Perché sono ancora legata?" Piegai i polsi e strinsi le mani.

"Come lei sa, la maggior parte delle volontarie sono prigioniere."

"Quindi non sono esattamente delle volontarie," ribattei.

Contrasse le labbra. "Non starò qui a discutere di semantica, signorina Smith. Ma con la sua esperienza militare deve essere conscia del fatto che, ogni tanto, una persona viene legata per il suo stesso bene. Durante questi test, le donne spesso diventano... irrequiete. Dobbiamo garantire la sua sicurezza."

"E ora?" chiesi.

Mi guardò i pugni. "Ora è per tenerla ferma per tutte le preparazioni e le modifiche corporali che potrebbero essere necessarie prima del trasferimento."

"Modifiche corporali? Custode, mi sleghi subito." Sentii io stessa il tono severo della mia voce, e speravo si accorgesse che non stavo cazzeggiando.

Non si mosse. "Non si preoccupi, sarà addormentata quando tutto accadrà. Ha già firmato i documenti e l'abbinamento è già avvenuto. E quindi, lei ora non è più una cittadina della Terra, signorina Smith, ma una sposa guerriera di Prillon Prime e, in quanto tale, deve sottostare alle leggi e alle usanze del suo nuovo pianeta."

"Incluso essere legata?"

Inclinò la testa da un lato. "Se questo è quello che il suo compagno desidera."

"Non voglio essere abbinata a un uomo che mi lega!"

"Jessica, lei è stata abbinata a un feroce guerriero di quel mondo. Dovrebbe essere fiera di sottomettersi a lui."

"Lei pensa che solo perché lui è un soldato allora dovrei

inchinarmi ai suoi piedi? E io cos'ero allora? Ho combattuto. Ho ucciso."

La Custode si alzò e girò attorno al tavolo.

"Lo so. Ma, a volte, per le donne forti come lei è estremamente difficile trovare un maschio abbastanza forte da poter gestire i suoi... ehm... bisogni."

Cazzo, era arrossita? La riservatissima Custode era diventata rossa. A cosa diavolo si riferiva?

"Jessica, si ricordi che anche lui è stato abbinato a lei. Di qualunque cosa lei abbia bisogno, lui gliela darà. È il suo dovere e il suo compito e, cosa ancora più importante, il suo privilegio." Sorrise, aveva lo sguardo assorto. "Non si dovrà più nascondere. Lo contrasterà, lo so, ma le prometto che lui varrà il prezzo che lei deve pagare."

"Che prezzo?" Dove diavolo mi stava mandando? Non avevo acconsentito a farmi dominare da nessuno. La figa mi si contraeva ripensando alla forza delle mani che mi avvolgevano la gola durante la simulazione, ma dovevo ancora incontrare un uomo forte abbastanza da piegare la mia volontà. Dubitavo che un uomo del genere esistesse.

"Arrendersi," disse, e mentre lo diceva premette un bottone vicino alla gamba della mia sedia e un'apertura blu apparve sul lato del muro. Ero ancora ben legata, e non potevo fare niente, mentre un ago lungo e largo fece la sua comparsa. Provai a contorcermi, a lottare, ma non potevo muovermi. L'ago era attaccato a un lungo braccio metallico che usciva dal muro.

"Non opponga resistenza, Jessica. Non le verrà fatto del male. Il congegno le impianterà dei neuroprocessori permanenti."

L'ago mi penetrò la tempia con un pizzicore, ma niente di più. Un altro uscì dal muro opposto e ripeté la medesima azione sull'altra tempia. Non mi sentivo diversa, e feci un respiro profondo. La sedia si abbassò, come quella di un dentista, e mi posizionò dentro a un bagno caldo di qualche tipo. Ero circondata da una luce blu.

"Jessica Smith, quando si sveglierà il suo corpo sarà pronto per Prillon Prime, così da rispettare le loro usanze e le richieste del suo compagno. Lui sarà lì ad aspettarla." Diceva queste cose meccanicamente, come se dovesse ripeterle ancora e ancora.

Prillon Prime. "Ora?"

"Sì, ora."

La voce smussata della Custode Egara fu l'ultima cosa che sentii al di sopra del lieve ronzio delle luci e dell'attrezzatura elettrica. "Il procedimento inizierà tra tre... due..."

Mi irrigidii, aspettando che finisse il conto alla rovescia, ma una luce rossa cominciò a lampeggiare sopra di me e lei voltò di scatto la testa per guardare a uno schermo che non riuscivo a vedere.

"No. Non può essere corretto." Il suo cipiglio divenne un'espressione scioccata, poi confusa, il tutto mentre io aspettavo in quel cavolo di bagno bluastro, nuda – quando mi avevano denudata, e dov'era finita la mia vestaglia? – e sentendomi quasi ubriaca.

"Che succede?"

"Non lo so, Jessica. Non è mai successo prima." Guardò arrabbiata il tablet che aveva in mano, le sue dita volteggiavano sullo schermo come se stesse scrivendo un messaggio lunghissimo e complicatissimo.

"Che c'è?"

Scosse la testa, gli occhi confusi. "Prillon Prima ha rifiutato il suo trasporto."

Che diavolo voleva dire? Rifiutato il trasporto? Che cavolo volevano, che prendessi una navicella spaziale? Il trasporto si era rotto, o se n'era andata la corrente? "Non capisco."

"Nemmeno io. Hanno terminato il protocollo. Non accetteranno il tuo arrivo, o il tuo diritto di reclamare il tuo compagno."

2

Jessica

ERO LEGATA AL TAVOLO, e l'unica cosa che potevo fare era guardare la Custode Egara mentre scriveva furiosamente sul suo tablet. Lottai provando a liberarmi, ma sapevo che le miei azioni erano inutili. Ogni volta che il tablet riceveva un nuovo messaggio, la Custode si accigliava ancora di più, le sue dita si muovevano più velocemente con gesti veloci, spasmodici, come se avesse voglia di prendere a pugni chiunque le stesse parlando attraverso quelle distanze siderali.

Durante i miei anni nell'esercito e poi come reporter investigativa avevo imparato la pazienza nel peggiore dei modi. Potevo inseguire la mia preda per giorni, senza mai stancarmi. Sapevo quando aspettare e quando sparare per prima. Ma, in questo scenario, l'aggressione non mi avrebbe fatto guadagnare punti, specialmente essendo legata, anche se la mia frustrazione era così grande che volevo strappare le cinghie dal tavolo come l'Incredibile Hulk.

"Custode, la prego, mi dica cosa sta succedendo."

Sì, avevo un tono calmo. Urrà per me.

La Custode si morse il labbro, e d'improvviso aveva proprio l'aspetto della giovane ventenne che era. Le sue spalle erano piegate, come se sentisse il peso di una responsabilità enorme che gravava su di lei. E forse era così. Il suo lavoro era assicurarsi che tutte le donne – a prescindere dal motivo – fossero abbinate con successo e che raggiunsero sane a salve la loro destinazione, qualunque fosse nell'universo. Quando alla fine sollevò la testa per guardarmi direttamente, dalla nube oscura del suo sguardo, capii che non aveva buone notizie, almeno non per me.

Una paura oscura mi invase le budella.

"Hanno rifiutato te in modo specifico, non tutti i trasporti della Terra." Sospirò, e io mi sentii come se mi avesse detto che ero la ragazza più brutta di tutta la classe. Sì, mi sentivo proprio così. Era una sensazione che avevo già provato, molte volte, quando era *a me* che veniva negato qualcosa. Amici, amanti, lavori, famiglia. Avrei dovuto esserci abituata, ma non era così. E questo mi rendeva stupida, mi faceva sperare. Non mi ero accorta di quanto desiderassi essere abbinata a qualcuno, qualcuno che era adatto a me fino a quando non venivo rifiutata. Come al solito.

"Adesso sta avvenendo un altro trasporto in Asia, proprio in questo momento, quindi non capisco cosa succeda. Per qualche ragione, non ti è permesso di partire. Il messaggio è stato inviato dal Prime *in persona*."

Il Prime? Che diavolo era un prime?

"Intende il mio compagno?"

Scosse la testa in modo assente. "No. Il Prime. Il sovrano del pianeta. Il sovrano di Prillon Prime."

Il titolo di questo tizio derivava dal nome stesso del pianeta, ed era lui che mi aveva rifiutata. Ottimo.

"Il loro re?" Cazzo. Il loro re non mi permetteva di rivendicare il mio compagno? Non avevo mai incontrato il guerriero a cui ero stata abbinata, ma si supponeva fosse mio, e ora mi veniva negato. E quel piccolo ghiriglio di speranza, sì, di speranza, che avevo nel pezzo si era appassito ed era morto. Faceva male.

"Sì. È il sovrano di diversi pianeti, a dire il vero, e il comandante dell'intera flotta interstellare", mormorò guardando dall'altra parte, incapace di sostenere il mio sguardo.

Feci una smorfia dentro di me, le sue parole mi fecero venire la nausea. Ero stata rifiutata dal re alieno di un intero pianeta? Ero tanto male? Ero un po' prepotente e forse ogni tanto ero un po' rompipalle. Ero un po' intensa come donna, ma a quale donna non piaceva sparare e combattere i cattivi? Cazzo. Il Prime voleva l'elegante Miss Perfettina da abbinare a Prillon. Doveva essere così. Lo era?

Avevo lo sguardo annebbiato, e chiesi l'unica domanda che potevo fare. "Perché? È perché pensano che sia una spacciatrice?"

Preferivo essere rifiutata perché mi ritenevano una spacciatrice piuttosto che un maschiaccio.

"Signorina Smith, non pensano che lei sia una spacciatrice. *Sanno* che lei è stata *arrestata* per spaccio. Ma no, in passato abbiamo inviato delle assassine. Non so perché lo stanno facendo."

Scosse la testa tristemente e premette una serie di pulsanti sul tablet. Venni sollevata fuori dall'acqua. Mi guardai il corpo e vidi che non avevo più peli. La testa mi faceva un male cane a causa dei nuovi impianti, e la mente mi ronzava, era come il gracchiare elettrico degli speaker.

Il mio corpo fu riposto sulla sedia, e la Custode Egara mi coprì con una coperta asciutta. "Mi dispiace, Jessica. Non è mai successo prima. Dovrò inviare una richiesta ufficiale alla Coalizione Interstellare per capire cos'è successo."

Ero nuda, dell'acqua bluastra gocciava dal mio corpo, mi ricopriva una coperta nuda, ed ero ancora legata a questo stupido tavolo. La situazione poteva ancora peggiorare? "Quanto tempo ci vorrà?" Il ronzio che avevo nella testa aumentò.

"Diverse settimane, almeno." Le sue parole fioche risuonarono come attraverso un megafono posto a un centimetro dai miei timpani e mi fecero trasalire.

Inclinò la testa quando mi spaventai e uscì per un momento, ritornando con una siringa. Me la premette sul collo facendomi sobbalzare.

Valse la pena sopportare quella puntura di un secondo, perché il mal di testa cominciò subito ad affievolirsi.

"Mi scuso per il disagio. La maggior parte delle spose dorme durante il processo di inserimento dei neuro-stimolatori." Mi guardava, i suoi occhi erano soffici e rotondi, più gentili del solito. Sbattei le palpebre, e poi capii che quello che lei mi offriva non era preoccupazione, ma pietà. Non riuscivo nemmeno a farmi mandare su un altro pianeta senza avere problemi.

"Che cos'è un neuro-stimolatore?"

"È un impianto neuronale che permette alla sua mente di adattarsi alle nuove lingue e alle nuove usanze. Adesso sarà in grado di comprendere e parlare qualunque lingua nel giro di pochi minuti, inclusi tutti i linguaggi della Terra. Questa tecnologia è utilizzata solo su quelli che lasciano il pianeta, ma, visto che lei dovrà rimanere, è un bel vantaggio."

Sbattei le palpebre e provai a capire quello che mi stava dicendo. Un vantaggio? Era questo il mio premio di consolazione, l'abilità di parlare altre lingue? "Qualsiasi lingua?"

Annuì, chiaramente compiaciuta dalla tecnologia, ma anche confusa e delusa per il mio rifiuto. "Assolutamente sì. Terrestri o della coalizione."

Del momento che non andavo più su un pianeta della coalizione, non avevo pensato che mi avrebbe giovato. Avevo una specie di super-chip nella testa che mi avrebbe permesso di comprendere i programmi televisivi in lingua straniera o i turisti all'aeroporto. Ottimo. Quello che avevo sempre sognato. Avrei preferito che mi regalassero una macchina o un viaggio alle Hawaii. O un po' di soldi.

Ma la cosa migliore sarebbe stata essere trasportata e vivere la mia vita da sogno, proprio come quella simulazione dove due uomini potenti mi ricoprivano il corpo, mi scopavano come se fossi la donna più attraente che avessero mai conosciuto, facendomi sentire bellissima. Desiderata. Amata.

No. Però avevo quello stupido traduttore nel cervello.

Avevo deluso i miei amici all'agenzia giornalistica, deluso i miei amici nelle forze di polizia, fallito nel provare la mia innocenza in tribunale, e ora non era nemmeno degna di un maschio alieno così disperato per avere un po' di figa bagnata e calda che avrebbe accettato anche una ladra o un'assassina come compagna. E non avevano nemmeno bisogno di vederla, prima. Negli ultimi anni centinaia di donne – di criminali – erano state inviate al Programma Spose Interstellari. Le donne che erano state arrestate e processate provenivano da ogni estrazione sociale. Drogate e traditrici. Ladre e assassine.

Tutte quelle donne avevano viaggiato attraverso le stesse cose, avevano trovato una nuova casa e una nuova vita con dei maschi alieni che smaniavano per ottenere le loro spose. A quelle donne era stato concesso un nuovo inizio. Tabula rasa.

E a me? No, a me no. Avevo rifiutato una mazzetta, mi avevano incastrata per un crimine che non avevo commesso, e ora ero stata rifiutata non solo dal compagno a cui mi avevano abbinato, ma anche da quel cazzo di re!

Non esattamente la mia giornata migliore.

"E adesso io che faccio?"

La Custode Egara aveva inclinato la testa e aveva sospirato. "Beh, offrirti come volontaria al programma spose era l'unica cosa che ti si richiedeva. Dal momento che nessuno prima d'ora era mai stato rifiutato, ti ritrovi in un vuoto amministrativo che molto probabilmente verrà presto colmato. Ma, per ora, non ci sono regole riguardo una punizione alternativa, e quindi hai soddisfatto tutti i requisiti della tua condanna."

"Vuol dire –"

"Signorina Smith, è libera di andare."

Sollevò il bordo della coperta e mi pulì diverse gocce di liquido blu dall'angolo dell'occhio, dove avevano cominciato a raccogliersi e a colarmi lungo la guancia come lacrime.

Ero libera. Nessuna condanna. Niente prigione. Nessun bonazzo da un altro pianeta.

"Vada a casa."

Non volevo andare a casa. Non ce l'avevo, una casa. Non avevo un lavoro, né amici, né un futuro. Siccome dovevo andare in una galassia lontana, lontana, il mio conto in banca era stato cancellato e avevo venduto la casa. Quando una donna veniva spedita su un altro pianeta col programma spose, i suoi averi venivano divisi come se fosse morta. Morta e sepolta, senza possibilità di ritorno. Non avevo nessuno a reclamare il mio tostapane o il mio divano lacero, e quindi pensavo che avessero donato tutto in beneficienza.

Ero la prima sposa in assoluto a essere rispedita a casa, come un cagnolino con la coda in mezzo alle gambe, indegna di un compagno alieno.

E cosa sarebbe successo se fossi uscita fuori dalle porte del centro elaborazione e mi fossi fatta vedere in giro? Beh, i tipi che mi avevano incastrata mi avrebbero mandato i loro scagnozzi contro per finire quello che avevano cominciato. Se avessero saputo che ero ancora sulla Terra, mi avrebbero messo una taglia sulla testa nel giro di un'ora.

Ma comunque non ero una principessa viziata. Avevo uno zaino per le emergenze, dei vestiti e del denaro contante che uno dei miei amici dei servizi segreti oltremare mi aveva convinto fosse necessario per sopravvivere. Grazie a Dio gli avevo dato retta. Tutto quello che dovevo fare era raggiungere il mio armadietto segreto e ricominciare tutto daccapo. Ero libera. Da sola. Triste. Ferita. Ma libera di fare quello che volevo... come espormi a un gruppo di poliziotti e politici corrotti.

Quei subdoli bastardi pensavano che ormai me ne fossi andata su un altro pianeta. Non ero più un loro problema. Forse questa era l'unico colpo di fortuna che avrei avuto oggi.

Mi misi con i piedi penzoloni sul tavolo e sorrisi, improvvisamente riempita da una gioia inaspettata. Forse non ero abbastanza buona per scopare con un alieno, ma certo ero bravissima con la macchina fotografica. La ritenevo il mio personale fucile da cecchino. Una foto perfetta era tutto quello che ci voleva per distruggere qualcuno, mettere a nudo le sue bugie, rovinargli la vita. Se la mia fotocamera fosse stata un'arma, allora avevo una lista di uccisioni portate a segno lunga un chilometro. E, se mentre lo facevo ero un fantasma, una persona che non doveva nemmeno essere sulla Terra, allora tanto meglio.

Balzai giù dal tavolo stringendo la coperta, ma dovetti ripensare a questo gesto repentino quando la stanza mi girò attorno. La Custode Egara subito distese le braccia per afferrarmi e io la ringraziai con un cenno del capo.

Era tempo di andare, ma la mia parte masochista voleva sapere una cosa prima. Se dovevo abbandonare la mia opportunità di andare su un altro pianeta, allora lo volevo sapere. "Come si chiama?"

La Custode Egara si accigliò. "Chi?"

"Il mio compagno."

Esitò, come se dovesse condividere dei segreti di stato, e poi fece spallucce. "Principe Nial. Il figlio maggiore del Prime."

Mi misi a ridere. Se avessi lasciato la Terra, sarei diventata per davvero una principessa. Abbinata a un principe alieno, indossando vestiti per il ballo e scarpe ridicole, i miei lunghi capelli biondi legati non in una normale coda di cavallo, ma con spille gemmate ed elaborate trecce beneficio del mio status regale. Dio mi aiuti, avrei dovuto mettermi il mascara e il rossetto, perché la mia carnagione pallida era lungi dall'essere bella quand'ero struccata.

Una principessa? Ma per niente al mondo. Forse era proprio per quello che ero stata rifiutata. Di certo, senza dubbio, *non ero* Cenerentola.

"Penso sia meglio così, Custode. Non esattamente una che può fare la principessa." Me la cavavo meglio con i pugnali che con le lingue argentate dei politici, più abile nell'uso dei fucili che sulla pista da ballo. E questo, tristemente, era un dato di fatto. Chiunque fosse il Principe Nial, aveva appena schiavato una pallotta.

Me.

Forse il principe stava meglio senza di me. Il che non voleva dire che, in fondo in fondo – lì dove persistevano le emozioni dell'altra donna durante la sua cerimonia di rivendicazione, di quel sogno in cui, anche per solo pochi istanti, avevo saputo cosa significasse sentirsi amata, desiderata, scopata e rivendicata dai suoi amanti – tutto ciò non voleva dire che lì in fondo non stessi sanguinando.

Principe Nial di Prillon Prime, Corazzata Deston

Barcollai diretto verso lo schermo per parlare come mio padre. Mi sentivo intontito, come se non pesassi nulla, non più di un bambino. Il modo più facile per gestire mio padre era non offrire emozioni.

Gli impianti cyborg innestati nel mio corpo nella Stanza di Integrazione dello Sciame erano microscopici e impossibili da rimuovere senza uccidermi. Quindi adesso ero considerato un contaminato, un rischio per gli uomini al mio comando e per la gente del mio pianeta. Mi trattavano come un ribelle altamente pericoloso. O questo era quello che pensavano tutti. I guerrieri contaminati dalla tecnologia dello Sciame di solito venivano banditi dalle colonie e trascorrevano il resto delle loro vite svolgendo pesanti lavori manuali. Non prendevano spose. E non diventavano il Prime dei mondi gemelli di Prillon.

Il mio diritto di nascita – erede di Prillon, principe del mio popolo – mi era stato tolto e mi avevano immediatamente bandito e spedito nelle colonie, ma c'era una cosa a cui tenevo ancora più di quello, e non era la persona che riempiva lo schermo che avevo davanti.

Guardavo con attenzione la faccia inespressiva dell'uomo che aveva due volte la mia età. Mi assomigliava, era solo più vecchio e non aveva nessuno dei miei impianti cyborg. Era enorme, un'espressione feroce e un'armatura fatta su misura per farlo apparire ancora più grosso di quanto non fosse. Era il Prime di due pianeti popolati da guerrieri giganti. Doveva essere forte. Un solo accenno di debolezza, e i suoi nemici l'avrebbero fatto fuori.

Adesso, quella debolezza ero io. Io ero il figlio ribelle che era diventato una pericolosa minaccia cyborg.

"Padre." Chinai il capo per salutarlo, nonostante la furia che mi correva nelle vene. Era il mio genitore biologico, ma di certo non era mio padre.

"Nial, ho parlato con il comandante Deston. Ho inviato un ordine formale per farti trasferire nelle colonie."

Digrignai i denti per trattenere una risposta istintiva. Un bello sforzo per essere così intontito. Quindi, il mio status di erede legittimo al trono non mi avrebbe salvato dall'esilio. Non gliene importava un cazzo che ero suo figlio. Ero danneggiato, rovinato dallo Sciame e *indegno* di essere un leader. O di essere suo figlio.

Qualcuno gli diede un tablet. Mi parlava leggendo lo schermo con attenzione, senza nemmeno degnarsi di guardarmi. "Tra pochi giorni parto per il fronte, vado a visitare i guerrieri e a valutare la condizione delle nostre corazzate più vecchie. Mi aspetto che il tuo trasferimento sia completato prima del mio ritorno."

Feci un respiro profondo e provai a mantenere una voce neutrale e benigna, proprio come era la sua. "Capisco. E la mia sposa? Doveva arrivare tre giorni fa."

"Non hai diritto a una sposa. Avevo già stretto accordi con il consigliere Harbart. Dovevi reclamare come compagna sua figlia."

Non potei fare a meno di avvinghiarmi alla sedia di fronte a me.

"Harbart era un pazzo e un codardo che aveva programmato di uccidere me e la sposa del comandante Deston. Perché dovrei reclamare sua figlia?"

Il Prime sollevò un sopracciglio e mi guardò confuso. "La questione è irrilevante, dal momento che... non sei più adatto per reclamare una sposa. Non reclamerai nessuno. Abbiamo rifiutato il trasporto della tua sposa dalla Terra, è ovvio. Ai guerrieri contaminati non viene concesso l'onore di avere una sposa. Lo sai. Adesso forse lei verrà abbinata a un altro guerriero che non è..."

La sua voce si affievolì e inclinò la testa, studiandomi. Lo lasciai guardare. Fosse stato un padre *vero,* avrebbe visto oltre le modificazioni dello Sciame e avrebbe capito che io ero ancora la stessa persona, che ero ancora suo figlio. *Ancora* il principe.

"Che non è cosa?"

Era la prima volta che mi vedeva dopo che mi avevano salvato dallo Sciame. Le braccia conserte, lasciai che assorbisse il debole luccichio metallico sulla parte sinistra della mia faccia, la strana colorazione dell'iride del mio occhio sinistro, una volta scura e dorata. Avevo lasciato l'avambraccio sinistro scoperto di proposito, così da fargli vedere le sottili placche biotecnologiche che mi avevano innestato su mezzo braccio e su parte della mano. Volevo che vedesse tutto, e che comunque vedesse *me.*

I suoi occhi si soffermarono sul mio braccio. "Gli impianti e gli innesti sulla pelle non possono essere rimossi?"

Una sciocca speranza morì a quella domanda. Avevo pensato che forse niente di tutto questo sarebbe importato, ma no, non era così. Riusciva a vedere solo quello che lo Sciame aveva combinato, e non suo figlio.

"Il dottor Mordin ha detto che gli innesti sono permanenti. Dovrebbero amputarmi il braccio per rimuoverli."

"Capisco."

"Davvero, padre? Che cosa capisci?" Non aveva visto gli impianti che mi ricoprivano la spalla sinistra, quasi tutta la gamba sinistra e parte della schiena. Dai suoi occhi freddi capivo che quello che aveva visto bastava e avanzava.

Mio padre, l'uomo a cui non avevo mai voluto bene, ma che avevo rispettato e cercato di compiacere per tuta la vita, scosse la testa.

"Capisco che davanti a me ho un guerriero che una volta era mio figlio." Si appoggiò allo schienale della sua sedia, e lo sguardo nei suoi occhi si era fatto ancora più freddo. "Verrai rimosso dalla lista degli eredi e riassegnato alle colonie. Mi dispiace, figlio mio."

"Figlio? *Figlio*? Osi chiamarmi figlio subito dopo avermi esiliato nelle colonie?" Avevo alzato la voce. Rimanere calmo non era importante. Non mi avrebbe portato a nulla.

Si sporse in avanti per interrompere la comunicazione, ma la mia prossima domanda lo fece bloccare. "E chi sarà il tuo erede?"

"Hai parecchi cugini lontani, Nial. Forse anche il comandante Deston potrà diventare l'erede assieme alla sua nuova compagna. Altrimenti, sono certo che il popolo accoglierò di buon grado le vecchie usanze."

Le vecchie usanze...

"Un duello mortale?" Preferiva guardare dei forti e valorosi guerrieri che combattevano fino ad ammazzarsi per conquistare il diritto di essere il Prime piuttosto che prendere in considerazione il suo stesso figlio? Semplicemente perché quel suo figlio aveva degli impianti biotecnologici conficcati nella carne?

"Che vinca il migliore."

Gli avrei dato un pugno in faccia, se solo avessi potuto oltrepassare lo schermo. "Vuoi vedere i tuoi guerrieri migliori uccidersi l'un l'altro?"

Lo ritenevo incurante. Insensibile, almeno nei miei confronti. Ma capii che ciò si estendeva a tutti quanti. Avrebbe visto degli uomini combattere inutilmente, morire inutilmente, e tutto perché lui era... Un. Pazzo. Crudele.

"Non c'è un erede. Noi facciamo così."

Erano più di duecento anni che non c'era un duello mortale, fin da quando i nostri antenati aveva vinto e reclamato il trono. "Io sono forte, padre, la mia mente è intatta. Non c'è bisogno di sacrificare i nostri guerrieri migliori..."

Quantomeno dovevo implorarlo di salvare gli altri. Il più forte avrebbe sopraffatto tutti e avrebbe rivendicato il trono, e tutti gli altri sarebbero morti invece di stare in prima linea a combattere lo Sciame.

"Tu sei stato contaminato."

"Conosco i sistemi dello Sciame, le loro strategie. Sarebbe da folli esiliarmi. Dovrei essere sul fronte assieme ai miei battaglioni, così che io possa..."

Mi interruppe di nuovo. "Tu non sei nessuno. Solo un contaminato. Uno dello Sciame. Sei come morto per me."

Avrei voluto controbattere, ma la comunicazione venne interrotta.

Bastardo. Negli ultimi anni, ogni giorno, oscillavo come un pendolo tra il bisogno di stupirlo e il desiderio di ucciderlo. Quello stronzo.

"Avrei dovuto ucciderlo," mormorai a me stesso.

Restai a fissare le schermo vuoto per diversi minuti. Ero

stato congedato, e sapevo che non avrei parlato con mio padre mai più. Non mi dispiaceva, non più. Forse questi impianti cyborg erano serviti a qualcosa. Sapevo cosa mio padre pensasse di me, e non si meritava più il mio tempo o le mie preoccupazioni.

No. Il pensiero che mi mulinava nella testa come una bufera mi angosciava in ben altro modo. Aveva rifiutato la mia sposa. La mia compagna. Una bellissima donna della Terra come l'Hannah Johnson del comandante Deston. Avevo sperato in una compagna così, in una donna soffice e formosa. Hannah era piccola, ma forte, e così innamorata dei suoi amanti, di tutti e due loro, che li aveva implorati di prenderla durante la cerimonia di rivendicazione.

Gli impianti dello Sciame mi avevano dato un vantaggio, un segreto che non avevo confessato a nessuno. Avevo registrato interamente la loro cerimonia di reclamazione. La riguardavo spesso nella mia mente, guardavo ancora e ancora il modo in cui alla donna umana piaceva essere toccata, il modo in cui inarcava la schiena, i suoni che emetteva mentre i suoi compagni la baciavano, la toccavano, la scopavano. Volevo anche io tutto quello. Volevo una compagna come quella, e quindi riguardavo la registrazione fino a quando non mi si era impressa nell'anima. L'avevo imparata. Avevo memorizzato ogni attimo di quella scopata cerimoniale.

Avrei fatto urlare la mia compagna, così come avevano fatto loro. L'avrei fatta fremere e implorare, perché il mio cazzo la riempisse.

Assistere alla cerimonia era l'unico onore che non mi era stato negato da mio cugino, il comandante Deston. Li avevo guardati mentre entrambi, lui e Dare, scopavano Hannah come due selvaggi. La loro sposa umana amava tutte le loro attenzioni, implorava di averne ancora, e guardava i suoi guerrieri come se fossero il suo stesso respiro, il battito del suo cuore.

Mi ricordavo dell'altra cerimonia a cui avevo assistito. Era successo al centro elaborazione, mentre mi sottoponevo ai miei test. Era stato il sogno che mi aveva abbinato alla mia compagna. I due uomini erano stati esigenti e devoti. E siccome la mia compagna mi era stata abbinata proprio con quel sogno, sapevo quello che avrebbe voluto da me. E dal mio secondo.

Volevo la stessa connessione che avevo intravisto nelle due cerimonie, e l'avrei avuta.

Avevo una compagna. Una donna era stata testata e abbinata a me. A quella cazzo di cerimonia arrapante. L'abbinamento del Programma Spose Interstellari era perfetto quasi al cento per cento. Quindi, non c'erano dubbi che quella era la donna giusta per me. Non avevo un secondo, un trono, un futuro, ma niente importava. L'unica cosa – l'unica *persona* – importante era questa donna sulla Terra, la mia compagna. Mio padre le aveva impedito di venire qui. Questo non negava la nostra compatibilità, il legame che condividevamo. Me la faceva solamente desiderare ancora di più. Io non l'avrei mai rinnegata. Chissà cosa aveva pensato di me quando era stata rifiutata. Quel dolore doveva essere simile alla furia che mi bruciava dentro quando avevo saputo dell'intromissione di mio padre.

Non le avrei negato il suo compagno solo perché avevo uno stronzo come padre. Non sarebbe stata una vittima delle sue macchinazioni.

Lei era innocente.

Era *mia*.

Se il centro elaborazione non avallava il trasporto, allora era tempo di andare sulla Terra e prendermela.

3

Principe Nial, Corazzata Deston, Stanza di trasporto

CAMMINAVO per i corridoi della nave come un mostro. Guerrieri induriti dalle battaglie evitavano di guardarmi, incapaci di sostenere la vista della mia carne argentata. Dubitavo che fosse a causa mia, ma a causa di quello che avrebbe potuto accadere a loro. Non mi interessava. Nel giro di poche ore sarei stato sulla Terra, con la mia sposa tra le braccia. Era una missione che non potevo fallire.

Una volta che la mia compagna fosse stata al sicuro, avrei trovato un guerriero disposto a condividerla. Avrei nominato un secondo affinché la proteggesse, e poi avrei trovato un modo per reclamare il mio trono. Mentre camminavo sentivo la rabbia che mi si annidava nelle viscere. Mio padre era un folle, e io avevo sprecato troppi anni seguendo ciecamente i suoi ordini. Era tempo di prendermi il trono. Con la forza, se necessario. Le sue tattiche di guerra contro lo Sciame erano inefficaci e deboli, e io ne ero la prova vivente. Se non fosse stato per la leadership esperta del comandante Deston, sarei morto da un pezzo.

La stanza di trasporto era piena di gente. Il comandante Deston, la sua compagna e il loro secondo, Dare, mi aspettavano vicino alla piattaforma di trasporto. Due guerrieri che non riconobbi lavoravano alla stazione di controllo, inserendo le coordinate per il mio trasferimento al centro elaborazioni della Terra, là dove soltanto pochi giorni fa la mia compagna era stata respinta. Respinta! Sapere che l'avevano respinta mi faceva arrabbiare sempre di più.

Due enormi guerrieri erano di guardia alla porta. Vedendoli capii i rischi che mio cugino stava correndo. Per me. Non tutti a bordo della nave sarebbero stati contenti di sapere che un guerriero contaminato camminava in mezzo a loro, principe o meno.

"Comandante." Afferrai l'avambraccio di mio cugino secondo le vecchie usanze, incapace di esprimere a parole quanto fosse importante per me quest'opportunità. Mandandomi sulla Terra a cercare la mia sposa, mio cugino sfidava sia mio padre che l'intero consiglio planetario. Mi dimostrò che gli importava poco di mio padre e si fidava moltissimo del sistema di abbinamento.

Guardai Hannah, in piedi al suo fianco. Così piccola e fragile rispetto ai suoi due compagni, eppure anche forte e potente. Era lei quella forte tra di loro. Guardai i loro collari e invidiai la loro connessione.

Anche io avrei avuto quella connessione. Presto. Dovevo solo arrivare sulla Terra e trovarla e riportarla a casa.

"Buon viaggio, Nial", disse Deston. "Una volta che ti avremo trasportato, tuo padre bloccherà le stazioni di trasporto e, probabilmente, manderà dei cacciatori di teste a darti la caccia."

"Non ho paura di mio padre."

Il comandante Deston annuì mostrando un profondo rispetto che non gli avevo mai visto. Prima era un bambino viziato. Adesso lo capivo, e non mi rifiutavo di ammetterlo. Un principe coccolato che voleva giocare alla guerra, ma che non ne comprendeva i costi. Ma non ero più quell'uomo. Lasciai andare il braccio del comandante e mi inchinai di fronte alla sua sposa. "Lady Deston."

"Buona fortuna." Si alzò sulla punta dei piedi e mi diede un bacio sulla guancia, sulla mia guancia sinistra. Quel gesto mi fece convincere più che mai che una sposa della Terra era la mia unica opportunità di trovare una donna che mi avrebbe accettato per come ero.

Dare, il suo secondo compagno, incrociò il mio sguardo e invidiai il fioco accenno di argento nel suo occhio. Anche lui era stato catturato. Ma, in quanto erede del Prime, lo Sciame aveva cominciato a lavorare su di me. Dare era fuggito da tutto quello portandosi dietro solo un po' di argento nell'occhio, un indizio che solo quelli a lui più vicini comprendevano.

Dare stese il braccio e lo afferrai. "Come proteggerai la tua compagna senza un secondo?" Mi trattenne anche se io l'avrei lasciato andare. "Dovresti scegliere un secondo, Nial. Portalo con te."

"Sono un reietto, un contaminato." Scossi la testa. "Non potrei chiedere questo a un guerriero. Non ancora."

Dare non mi lasciò andare. "Chiedere cosa? Di proteggere e prendersi cura di una bellissima sposa? Di condividere il suo corpo e scoparla fino a quando non urla di piacere?" Sorrise e vidi Hannah arrossire. "Fidati di me, Nial, fare il secondo non è difficile."

Avevo visto la sua – la loro – cerimonia di accoppiamento, e sapevo che diceva la verità.

E forse lui diceva la verità, ma io ero un guerriero contaminato che era sul punto di infrangere la legge di Prillon e viaggiare verso un pianeta proibito. Ero stato abbinato a una sposa che non mi conosceva, e che molto probabilmente sarebbe scappata urlando non appena mi avrebbe visto. In queste condizioni, non potevo chiedere a un guerriero di unirsi a me.

Non risposi. Lasciai andare il braccio di Dare e salii sulla piattaforma di trasporto. Vidi Lady Deston che sorrideva con un bagliore birichino nei suoi insoliti occhi scuri. I suoi capelli neri balzavano all'occhio in mezzo alla razza dorata dei Prillon, come una stella nell'oscurità dello spazio. "Sarai nudo quando arriverai là, lo sai, sì?"

"Lo so." Annuii. Niente vestiti, né armi. Sì, conoscevo il protocollo di Prillon, sapevo come erano programmati i nostri trasporti. Né armi, né vestiti passavano attraverso trasporti a lunga distanza. Aspettare l'arrivo di una sposa nuda e smaniosa era uno degli eventi più attesi dall'intera Coalizione Interstellare. Chissà cosa avrebbero pensato quelli nel centro elaborazione della Terra, quando un uomo nudo – no, un mezzo cyborg nudo – sarebbe apparso.

"Sei anche di mezzo metro più alto della maggior parte dei terrestri. Spunterai come un fungo tra le foglie."

"Non so cosa significhi quell'espressione, ma penso che sarò una rarità anche solo per l'altezza, e non per questo." Indicai la mia faccia.

Hannah contrasse le labbra e annuì.

"Va bene così."

Ci fu un ritardo. Mi accigliai. Guardai torvo i guerrieri dietro i controlli. Mi annuirono riconoscendo il mio ordine silenzioso.

"Aspetti."

Quella voce profonda ci fece girare tutti quanti. Una delle guardie alla porta mi si fece incontro.

Si chiamava Ander ed era uno dei guerrieri che avevano salvato me e Dare dallo Sciame. Era persino più grosso di me, con delle spalle massicce e un'ampia cicatrice che gli percorreva tutto il lato destro della faccia. Quello sfregio simboleggiava la sua ferocia, il prezzo che aveva dovuto pagare durante la battaglia per riportarci indietro.

La mia carnagione era abbastanza comune tra la nostra gente. Ander era più scuro, gli occhi del colore del ferro arrugginito, i capelli e la pelle ancora più scuri, quasi marroni, cosa comune tra le famiglie più antiche. Lo conoscevo da prima del nostro salvataggio. Sulla corazzata tutti lo rispettavano e lo temevano, era uno dei guerrieri d'élite del comandante Deston. Gli dovevo la vita. E così Dare. Averlo qui nella sala di trasporto dimostrava quanto il comandante e il suo secondo si fidassero di lui da farlo entrare in questa cerchia ristretta, uno dei guerrieri più fedeli e fidati.

Incrociai il suo sguardo senza battere ciglio. Un reietto sfregiato che ne guardava un altro. Lo osservai, curioso, mentre deponeva le armi e camminava verso di me. "Mi offro come suo secondo."

Ander era un disgraziato di gran lunga più vecchio di me, ma feroce come pochi in battaglia. Non avrei potuto chiedere un guerriero migliore per trovare e proteggere la mia sposa. In tanti anni di battaglia, aveva provato la sua lealtà verso di me, verso Dare e verso il comandante. Non lo conoscevo bene, ma sapevo abbastanza. Era degno di una sposa. Diamine, forse era persino più degno di me.

Ripensai alla cerimonia di accoppiamento alla base dell'abbinamento, quella con un secondo dominatore che scopava la sua compagna nel culo con una precisione esperta e piacevole. Bastava quel sogno a farmi conoscere i bisogni della mia compagna, e sapevo che anche Ander li avrebbe capiti. Piuttosto bene.

Mi voltai verso il comandante. Non avrei preso uno dei suoi guerrieri migliori senza il suo permesso. Il vecchio me, il principe viziato che pensava che tutto gli era dovuto, avrebbe preso il guerriero senza curarsi delle responsabilità di quest'uomo sulla nave, verso quelli sotto il suo comando, quelli che proteggeva.

Anche Ander si girò verso il comandante. Il comandante stava in piedi, il braccio attorno alla vita formosa della sua compagna, un sorriso raro sulla faccia. "Vai. Che gli dei possano proteggervi tutti e due."

Lady Deston aveva la testa appoggiata sulla spalla del suo compagno e sorrideva in modo genuino. "Provate a non uccidere troppi idioti." Allungò la mano e Dare le diede tre collari neri. Lei si voltò verso di me: "Penso che questi vi serviranno."

Scossi la testa. "Mia lady, temo che non sopravviveranno al trasporto. Né funzioneranno al di fuori della portata dei sistemi della nave."

"Oh. E allora lì troverete qui per voi al vostro ritorno." Afferrò la mano di Dare e strinse entrambi i suoi compagni, chiaramente turbata mentre ci studiava tutti e due, spalla a spalla sulla piattaforma di trasporto. "Buona fortuna. Se la farà sotto quando vi vedrà. Siate pazienti."

Annui e mi preparai per le contorsioni distruttive di un trasporto a lunga distanza. Ander era dietro di me. Sentii un'ondata di potere inondarmi il sistema nervoso. Il trasporto era iniziato. Non avevo capito quella frase, *se la farà sotto*. Né avevo bisogno di essere paziente. Questa donna della Terra era la mia compagna. Eravamo stati abbinati. Avrebbe sentito la connessione tanto chiaramente quanto me. Avrebbe potuto farsi qualche domanda su Ander, ma se io l'avevo scelto come mio secondo lei non aveva bisogno di dubitare della mia scelta. La scelta del suo compagno. Non c'era bisogno di perdere tempo per corteggiare la nostra nuova sposa con facce attraenti e parole gentili.

Io ero *il suo compagno*!

Avevo pianificato di prenderla e basta. E se avesse avuto paura? Se avesse protestato? Non sarebbe importato. Lei era mia, e io non l'avrei abbandonata. L'avrei conquistata, ci fosse voluta una settimana o un anno, e lei ne sarebbe stata contenta.

———

Jessica, Terra

MI ACCUCCIAI SUL TETTO. Osservavo gli uffici della narcotici attraverso le lenti della fotocamera che avevo nascosto nel mio zaino di sicurezza. Il mio obiettivo era seduto a uno dei sette tavoli nel giardino privato di una caffetteria nel cuore della città e si copriva la testa con un ombrello. Indossavo la mia solita uniforme da ricognizione: maglietta e pantaloni neri.

I poliziotti erano ospiti del cartello, la loro presenza era la prova delle loro nature losche, la prova che prendevano mazzette. La prova che ero stata incastrata. Il posto era pesantemente sorvegliato da scagnozzi a terra con i ferri e altri uomini che pattugliavano i tetti di continuo.

Avevo quindici minuti per darmela a gambe o venire catturata.

Una donna si inginocchiò sul cemento, tra le gambe di un uomo, e cominciò a fargli un pompino sotto il tavolo, mentre lui sorseggiava whisky e scherzava con i suoi amici.

Non smise nemmeno di parlare quando quella drogata gli prese il cazzo in bocca e si mise a giocare con le sue palle. Tutta l'area era stracolma di spacciatori, papponi con le loro prostitute, le loro schiave.

Non ero sicura chi fosse peggio: le donne che morivano di overdose dopo la prima iniezione di Bomba S, o le sopravvissute costrette a fare le schiave per procurarsi la prossima dose.

Erano due giorni che non facevo un pasto completo. Ero disidratata, e nel mio stomaco non c'era altro oltre a gel proteico e caffè. Non avevo bisogno di sopravvivere. Non avevo una casa, né soldi, né una famiglia. Persino il mio compagno alieno, quell'unico uomo perfetto per me tra tutti quelli dell'universo, mi aveva rifiutata. Mi restavano solo l'onore, e l'occasione di assicurarmi che nessun'altra donna venisse rapita e costretta a vivere di droga e prostituzione. Il metodo di reclutamento di questo gruppo, iniettare nelle donne catturate un cocktail di droghe – chiamato S o Bomba S, abbreviazione di Bomba Stronza – era stato pensato per ridurre ogni donna in una zoccola senza cervello. La droga funzionava alla grande. Dopo solo una dose, le donne o diventavano delle tossiche facilmente controllabili, o morivano.

La donna che si stava degradando ficcandosi in gola il cazzo di quell'uomo era stata ovviamente catturata in quel modo.

Osservai uno dei luogotenenti di un signore della droga di queste parti passare una borsa piena di droga e soldi – e Dio solo sa cos'altro – all'agente della narcotici dall'altra parte del tavolo. La aprirono, sorrisero, e presero un'unica pillola – la lente mi permise di intravedere il caratteristico color rosa pallido. La strinse tra pollice e indice e la offrì alla donna che gli stava succhiando il cazzo sotto al tavolo. La donna se la mise sotto la lingua. Si bloccò quasi immediatamente, poi fece un sorriso intontito, sonnolento, e quindi abbassò la testa e raddoppiò i suoi sforzi per farlo venire nella sua gola.

Scattai una fotografia con un ghigno sulla faccia, attenta a non muovermi. Non ancora. Avevo bisogno di un altro nome, di un'altra faccia. Avevo già incastrato tre pezzi da novanta. Un bigliettino azzeccato e un po' di foto inviate al poliziotto giusto sarebbero bastati per metterli dietro le sbarre. Adesso avevo solo bisogno di sapere chi, nel consiglio cittadino, era a capo di questo gruppo, e poi il mio lavoro sarebbe finito. Avrei distrutto gli stronzi che stavano devastando la mia città, o sarei morta provandoci.

Respiravo lentamente, senza muovermi nemmeno di mezzo millimetro. Faceva caldo sotto la cerata grigia che mi serviva per mimetizzarmi, ma non osavo muovermi. Il minimo riflesso di sole sulla lente della mia camera avrebbe potuto far saltare tutto il piano. Mi sentivo come un cecchino, ma la mia arma era l'informazione, non i proiettili. Almeno non in questo periodo. Quando ero nell'esercito, il mio fucile M24 era ben più letale.

La mia pazienza fu premiata quando un uomo che conoscevo fin troppo bene finalmente uscì dall'ombra per sedersi davanti ai due agenti della narcotici.

Sbattei le palpebre tre volte, con forza, come cercando di ripulire le lacrime che si andavano accumulando. Avrei dovuto essere sorpresa.

Ma non lo ero. E quello mi disse tutto quello di cui avevo bisogno. Ogni minuto del mio addestramento da cecchino mi aveva ripagata, alla fine. Non andai fuori di testa. Restai calma, respirai lentamente, anche se la mente mi andava a mille. Merda. Cazzo! Quello stronzo maledetto!

Scattai parecchie fotografie prima di battere in ritirata e

dirigermi a casa sua. Sapevo esattamente dov'era, ci ero stata decine di volte. Gli avrei teso un'imboscata e l'avrei affrontato mentre registravo tutto. La città aveva bisogno di sapere quale stronzo si trovava dietro la recente scia di omicidi, ma il mondo non mi avrebbe mai creduta. Io ero una criminale condannata, una che *lui* che aveva incastrato. Avevo bisogno di una confessione, di fotografie.

Circa quattro ore dopo ritornò nella sua stanza coloniale con quattro camere da letto. Mi trovò che l'aspettavo nella sua elegante sala da pranzo al pianterreno. Il fucile calibro 12 che aveva comprato anni prima a una fiera di armi era carico, la canna poggiata su una sedia di ciliegio macchiata. Gli puntai l'arma in mezzo al petto. Sapeva che ero una brava tiratrice. Quando ero nell'esercito avevo partecipato a gare di tiro al piattello, ed era stato proprio lui ad addestrarmi.

"Jess." Spalancò gli occhi, estremamente sorpreso di vedermi. Ma la sorpresa durò meno di un secondo, poi riprese il controllo delle sue emozioni.

"Clyde."

Guardavo il mio vecchio mentore al di sopra del fucile e scuotevo lentamente la testa senza staccargli gli occhi di dosso. Era un ex militare, ex capo della polizia, e ora era il sindaco della nostra grande città. Indossava un completo blu con la cravatta. Era bello e in forma nonostante i suoi cinquant'anni, un esempio per tutta la città. Un eroe di guerra, aveva gli occhi contornati dalle rughe di espressione. La fossetta sul mento gli aveva fatto guadagnare il titolo di scapolo più desiderato della città.

"Pensavo te ne fossi andata. Che fossi in giro a scopare con gli alieni."

Ebbe i nervi per tirar fuori una sigaretta dalla tasca e

accenderla sotto i miei occhi. Il fumo si muoveva lentamente danzando nell'immobilità dell'aria tra noi due.

"Gli alieni non ti vanno bene? Sei venuta qui per scopare, dolcezza? Un'altra dose di S?"

"No, grazie."

Fece spallucce e si mise la sigaretta in bocca, esalando anelli di fumo come se non avesse alcun pensiero per la testa. "Pensavo avresti gradito. Ho sentito in giro che hai amato la S la prima volta, e che quindi ti sarebbe piaciuto fare un altro giro."

Tremai. Non avevo mai raccontato a nessuno di quella notte infernale, completamente drogata. Mi chiusi nel bagno, raggomitolata in una palla sul pavimento. Mi masturbai fino a farmi sanguinare la figa, avevo vomitato per ore, ogni orgasmo mi aveva dato un sollievo temporaneo. Quella tortura era durata per la maggior parte della notte, e ora sapevo esattamente di chi era la colpa. Il mio dito fremette sul grilletto, e lui dovette accorgersene, perché subito alzò le mani in segno di resa.

"Calma."

"Io mi fidavo di te." Il solo pensiero di ucciderlo mi fece venir voglia di vomitarmi sugli stivali, ma l'avrei fatto. Non meritava di vivere, ma avevo bisogno di una confessione. Ammazzarlo non bastava. La mia fotocamera era posata sulla mensola del caminetto e registrava tutto quello che accadeva nella stanza, ogni cazzo di parola. "Perché l'hai fatto?"

"Fatto cosa?" Mi guardò negli occhi. Con calma si mosse per andare a sedersi sulla sua poltrona preferita, quella che aveva un'arma nascosta tra il bracciolo e il cuscino. Adesso quell'arma ce l'avevo io, ma lui questo non lo sapeva.

"Sai... incastrarmi. Ammazzare una qualche dozzina di

donne. Metterti in affari con il cartello. Svendere la tua città."

La sua mano si infilò nello spazio affianco al cuscino e io sorrisi mentre guardavo i suoi occhi che da inespressivi si facevano furiosi non appena capì che la sua arma era sparita. Sospirò e mise le braccia conserte.

"Fai quello che devi fare, Jess, ma non otterrai nessuna confessione da me. Non ho fatto niente di sbagliato."

Avevo una voglia matta di sparargli a bruciapelo, aprirgli un buco nel petto grande come il Texas, ma qualcosa mi fermò.

Dio, a volte avere una coscienza faceva proprio schifo; non che quest'uomo potesse capire cosa volesse dire. Avevo già ucciso durante il mio tour del Medio Oriente, ma ero stata costretta. Uccidere o essere uccisa. Quello era diverso. Questo? Questo era un assassinio a sangue freddo.

Ma, seriamente, si meritava di morire.

Lo fissai per un minuto e mezzo, soppesando tutte le mie opzioni. Ucciderlo e scappare? Legarlo e chiamare gli sbirri?

Non mi avrebbero mai creduto. Mai. Io ero quella che si era svenduta, l'ex ufficiale militare corrotto che era stato sorpreso con mezzo milione di troppo in banca, un pacco di Bomba S in casa, e la droga nelle vene. In questa città, lui era un dio. Io ero una criminale, una bugiarda. Ero feccia.

Fece un sorrisetto. Mi infuriai, mi alzai in piedi e feci un passo in avanti. Gli avrei mentito, avrei premuto i bottoni giusti e l'avrei fatto incazzare. Gli avrei estorto una confessione. Avevo abbandonato il piantonamento non appena avevo ottenuto una foto di lui che parlava con gli agenti, ma lui non sapeva cosa avessi visto e cosa no. "Non ho bisogno di una confessione, Clyde. Ho una bella fotografia con te al Bar Pompino con una puttana tra le tue gambe e una borsa di denaro sporco sul tavolo."

"Che stronza," sogghignò. Tutti i tentativi di mantenere la sua umanità erano spariti. "Ti drogherò tanto da farti dimenticare come ti chiami, e poi ti darò in pasto ai miei uomini. Ti sbraneranno come cani feroci."

I neuro-stimolatori dentro le mie tempie ronzarono e scossi la testa per scacciare quel fastidio. Poi successe di nuovo, ancora più forte, un rumore strano che non avevo mai sentito prima d'ora, come di macchine che si parlavano l'un l'altra.

Indietreggiai e Clyde si alzò dalla sedia, abbassandosi per fare la sua mossa mentre entro distratta.

Cazzo. Qualcosa non aveva funzionato. Mi portai una mano alla testa e gemetti. Dovevo andarmene via da qui. *Subito.*

Troppo tardi. Il dolore mi attraversò le tempie facendomi finire in ginocchio. Il fucile rimbalzò sul pavimento, mi piegai in avanti gemendo, provando a lottare per non svenire.

Clyde afferrò l'arma e fece un passo in avanti, ma subito la porta del soggiorno esplose verso l'interno. Tre esseri giganteschi entrano nel salotto di Clyde. Non erano umani. I loro corpi erano completamente di metallo, ma non duri e riflettenti come le chiavi inglesi di mio nonno; erano soffici, come un metallo mobile, che scorreva sui loro corpi come una seconda pelle, come tessuto vivo. I loro occhi erano d'argento, ma al centro, là dove avrebbero dovuto esserci le pupille, correvano puntini e linee nere, come lo schema di un computer. Avevano le palpebre, ma non le sbatterono entrando nella stanza e affrontavano l'uomo che li caricava col fucile.

Erano come usciti da un film. Robot venuti in vita. Alieni. Certamente qualcosa di *non* umano.

Clyde sparò a uno di loro e io afferrai la telecamera e mi

infilai sotto al tavolo della cucina diretta verso la porta sul retro. Mi faceva male la testa, ma sapevo che questi uomini – o qualunque cosa fossero – non erano qui per una visita di cortesia. Se volevano Clyde, l'avrebbero avuto.

Il proiettile rimbalzò sulle loro armature schiantandosi per tutta la stanza. Un frammento di proiettile mi si conficcò nella gamba e uno nella spalla e digrignai i denti per rimanere in silenzio.

Avevo visto di peggio e, paragonato al dolore che avevo nella testa, questo era niente.

Strisciai fuori, nella veranda posteriore, e sentii Clyde che urlava. Dei passi pesanti si mossero verso di me, il tonfo degli stivali metallici faceva scuotere il pavimento di legno duro sotto le mie ginocchia, mentre uno dei mostri mi si faceva incontro.

Abbandonai ogni pretesa di poter sgattaiolare via, mi inerpicai per rimettermi in piedi e mi misi a correre. Il percorso per la fuga che avevo già programmato mi ritornò utile: e non per scappare dalla scena con la registrazione, come avevo intenzione di fare, ma per salvarmi la vita.

Clyde continuava a gridare, in agonia, ma non mi voltai. Corsi, una delle creature era dietro di me. Non importava quante svolte prendessi, quante scorciatoie, o in quanti posti provassi a nascondermi. Continuava a inseguirmi, come se avessi un faro...

Cazzo. Mi toccai le cicatrici che avevo sulle tempie e imprecai contro il fato, Dio, e il principe alieno che mi aveva abbandonata. Avevano un localizzatore. Doveva essere un cazzo di traduttore! Il suono gracchiante si era affievolito, ma era sempre lì, e io capii che era la loro lingua. Come aveva promesso la Custode Egara, più li sentivo parlare più le parole si facevano chiare. Però non parlavano a voce alta, come facevano le persone normali, ma usavano una frequenza di trasmissione che i miei nuovi impianti riuscivano a captare. Non era inglese, ma lo capivo perfettamente.

"Trovate la donna. Dobbiamo portarla al nucleo."

"Si trova approssimativamente a ventidue metri dalla nostra posizione. La cattureremo in 23,5 secondi."

"Il maschio umano è morto. Prendete la femmina. Dobbiamo lasciare il pianeta prima che la Coalizione rintracci la nostra nave."

"Diciannove secondi all'obiettivo."

"Aumentare la velocità."

"Incrementiamo del quindici per cento."

Ripensai brevemente alla Custode Egara, alle sue affermazioni riguardo la padronanza delle lingue del congegno. Aveva ragione. Se fossi sopravvissuta, gli avrei mandato un bigliettino di ringraziamento.

Diciannove secondi e poi quella *cosa* mi avrebbe presa? Corsi più velocemente di quanto non avessi mai fatto; per una volta ero contenta di allenarmi cinque volte a settimana. Andai a sbattere dritta contro un petto enorme. Sciocca, alzai lo sguardo, vidi della pelle argentata, e mi misi a urlare.

4

Principe Nial

LA DONNA che avevo tra le braccia mi guardò in faccia e si mise a urlare come se fosse finita nelle grinfie dello Sciame. Si contorceva, scalciava e lottava contro la mia presa, mentre io mi sentivo enormemente sollevato. Sapevo che faccia aveva, avevo consultato il file che il dottor Mordin aveva ricevuto prima del suo trasporto. Prima del trasporto *che non era avvenuto*. Questa era la mia compagna, la mia sposa. Non c'erano dubbi. Anche al di là di una confermazione visiva, sapevo che lei era mia. Ed era terrorizzata, ma viva. E davvero, davvero bellissima.

L'odore ferroso del suo sangue mi raggiunge e mi fece infuriare, una furia da battaglia che non avevo mai provato prima. Ma è anche vero che non avevo mai protetto la mia compagna. Lei era spaventata e ferita. Non sapevo quanto gravemente. Dovevo spogliarla e ispezionare ogni centimetro del suo corpo il più presto possibile.

Il pensiero di toccarla, di esplorare le sue curve, mi fece drizzare il cazzo. Mi ricordavo del sogno della cerimonia di accoppiamento e seppi istantaneamente di cosa aveva bisogno, ma non era questo il momento. Già spinta sull'orlo di uno stato delirante dal pericolo che incombeva su di lei, non accolsi bene la risposta automatica del mio corpo al dolce profumo della sua pelle e alla fragranza floreale dei suoi scintillanti capelli biondi. Le lunghe ciocche non erano d'oro scuro, così come quelli di tanti Prillon, ma di un colore pallido, come raggi di sole liquidi. La mia luce nelle tenebre. Sapevo che solo lei sarebbe stata in grado di addomesticare il mostro che i miei impianti cyborg mi spingevano a diventare.

E, a proposito di mostri, la creatura che la stava inseguendo non avrebbe continuato a respirare ancora a lungo. Potevo sentire i ricognitori dello Sciame dentro la testa, chiacchierando tra di loro in quello strano linguaggio fatto di bip e rumori che sembravano degli insetti che mi ronzavano nel cranio.

Non sentivo la mancanza di quel suono, ma adesso ero grato di poterlo sentire. Il loro suono ci aveva permesso di rintracciarli immediatamente, di trovare subito la mia compagna.

Mi sporsi in avanti e colsi il suo sguardo. I suoi occhi erano come il pallido cielo blu del suo pianeta natale. "Jessica Smith, non avere paura. Non permetterò che niente ti faccia del male."

"Come sai il mio nome? Sei uno di loro?" Sgranò gli occhi, smise di combattere e il suo sguardo passò velocemente sulla maglietta nera, i pantaloni e la giacca di pelle che mi ero procurato per nascondere la mia scorta segreta di armi terrestri. Non ne avrei avuto bisogno, non contro quei ricognitori cyborg che ci correvano incontro a tutta velocità.

Li avrei fatti a pezzi a mani nude. Infatti, non vedevo l'ora che arrivassero.

Jessica si guardò al di sopra della spalla, tremante ma senza essere nel panico. Le sue piccole mani erano avvinghiate al mio bicipite, mi tiravano come per costringermi a muovermi. "Sta per arrivare... tra dieci secondi... nove. Cazzo. Dobbiamo andarcene."

Scossi la testa e con gentilezza la feci mettere dietro di me. "Io non scappo dallo Sciame. Lo ucciderò, per te."

Forse, se riuscivo a impressionarla con la mia forza e le mie abilità nella lotta, mi avrebbe permesso di reclamarla anche senza l'influenza del collare Prillon. I nostri collari ci aspettavano sulla corazzata del comandante, ma non mi sarebbero serviti a niente sulla Terra. Fino a quando non saremmo stati riportati indietro, solo l'essenza nel mio seme ci avrebbe aiutato a stabilire un legame, mi avrebbe aiutato a convincere Jessica ad accettarmi. Ma, per farla funzionare, dovevo avvicinarmi abbastanza da poter spalmare i fluidi del mio cazzo smanioso sulla sua carne.

Passi di stivali mi fecero tornare alla realtà. Non pensavo più a scoparmi la mia compagna. Lanciai un urlo di sfida contro il soldato dello Sciame non appena svoltò l'angolo. Si fermò, fissandomi.

Sentii che il loro chiacchiericcio si faceva più intenso, più veloce, ma non vi feci caso e mi mossi in avanti, verso il mio nemico.

Dietro di me, la mia compagna affondò la faccia tra le mani e cadde in ginocchio. Gemette, come se stesse soffrendo in modo terribile.

Le loro comunicazioni le stavano facendo del male, in qualche modo. Caricai il cyborg, ansioso di spezzarlo a metà, ma subito si voltò e corse via come un codardo. Non potevo inseguirlo, non mentre la mia compagna era spaventata, debole, vulnerabile. Mi inginocchiai al suo fianco e le sue dita mi afferrarono la maglietta, appigliandosi a me come se fossi il suo vero salvatore, il suo compagno.

Il suo tocco, il bisogno che aveva di me, mi si conficcarono dentro, e decisi di voler guadagnare la sua fiducia e il suo affetto. Volevo che si aggrappasse a me perché lo voleva, perché mi desiderava, e non perché aveva paura dello Sciame. Volevo che mi toccasse perché sentiva un desiderio ardente nel sangue, non perché le servivo per sopravvivere. Ma, per ora, avrei accettato questo fragile legame tra noi due. Almeno mi permetteva di prendermi cura di lei, di portarla al sicuro e curare le sue ferite.

Mi sentii frustrato dopo aver perso la mia preda. Ma ero anzitutto determinato a prendermi cura della mia compagna, e quindi avevo lasciato che il ricognitore scappasse, e registrai il suo aspetto per la caccia che avrei intrapreso più in là. *Sarebbe morto*; era solo questione di tempo.

Ispezionai l'area per assicurarmi che non ci fossero altre minacce; quindi presi in braccio la mia compagna. Si sentiva cullata tra le mie braccia. Solo il sottile e primitivo vestito terrestre impediva al calore delle sue morbide curve di penetrare nel mio sangue improvvisamente freddo. Abbassai il viso sui suoi seni, ispirai il calore tiepido della sua pelle, il suo odore mi accendeva un fuoco nel corpo che riuscivo a malapena a domare. Avevo il cazzo duro e dolorante, e ringhiai facendola contorcere e scalciare. Premetti le labbra sulla curva dei suoi seni attraverso la sua maglietta leggera. Si bloccò.

"Che stai facendo? Mettimi giù!"

Non volevo allontanarmi da quei soffici globi, ma mi costrinsi a sollevare la testa. Ignorai le sue proteste e mi incamminai verso un parco lì vicino, dove mi sarei incontrato con Ander come stabilito. Lì avevamo posizionato il veicolo della Custode Egara. Non appena eravamo arrivati al centro di trasporto, la custode ci aveva aiutato a trovare dei vestiti e dei primitivi apparecchi di comunicazione che gli uomini chiamavano cellulari. Il mio era nel taschino della mia giacca, e stava vibrando.

Toccai lo strano congegno nel mio orecchio – la custode Egara ci aveva aiutati a programmarli – e aspettai di sentire il suono che stava a significare che l'apparecchio per le comunicazioni era acceso.

"Parla."

Sentivo chiaramente la voce di Ander. "Due ricognitori dello Sciame si trovavano nella residenza del maschio umano. Li ho uccisi entrambi."

"Bene. Ne ho incontrato uno a piedi, ma non ho potuto inseguirlo."

"Tornerà qui per gli altri. Lo aspetterò e lo seguirò fino alla sua nave." La voce profonda di Ander vibrava chiaramente attraverso l'aria silenziosa, e la mia compagna aveva smesso di agitarsi per ascoltare la nostra conversazione.

"Bene. Trova la loro nave e uccidilo. Prendi il suo processore principale. Voglio sapere che cosa stavano combinando sulla Terra."

"Lo spezzerò a metà, come ho fatto con gli altri."

Invidiai la soddisfazione compiaciuta che colsi nella voce di Ander. Aveva appena provato la suprema soddisfazione che si prova nel fare a pezzi un ricognitore. Volevo anche io quell'appagamento, lo bramavo. Non c'era niente di meglio del completo annichilimento di un nemico per calmare la furia che mi correva nelle vene.

O accoppiarmi come una bestia selvaggia con una femmina compiacente, scoparla con la furia nel sangue, martellarle quella figa bramosa e bagnata con il mio cazzo...

La mia compagna ondeggiò, fece un respiro veloce e io

la guardai, i miei pensieri di scoparla rimpiazzati dalla sorpresa. "Bruciate i corpi," disse. "Devono essere distrutti. E anche la loro nave."

Sgranai gli occhi.

"Perché?" Distruggere i corpi dello Sciame era un processo lungo e convoluto. Le loro parti metalliche ci avrebbero messo ore a sciogliersi senza un inceneritore adatto. La nave non era un gran problema. Se non si fosse distrutta da sé, l'avremmo semplicemente spedita verso la stella della Terra, e si sarebbe incenerita all'istante. Se la nave dello Sciame era nelle vicinanze, avremmo potuto caricare i cadaveri a bordo e mandare il tutto verso uno smaltimento feroce.

"Così, la mia gente non metterà le mani sulle loro tecnologie. I nostri scienziati sono intelligenti. Possono applicare l'ingegneria inversa su qualunque cosa. Quelle *cose* devono essere distrutte completamente."

Sospirai, rassegnato a fidarmi del giudizio della mia compagna. La Terra era un membro recente della coalizione, e veniva ancora considerato un pianeta primitivo. Non le era stato garantito un accesso totale alle armi o alla tecnologia della coalizione. Infatti, la mia presenza sulla Terra violava gli accordi presi dalla coalizione per proteggere la Terra dallo Sciame. Nessuno poteva venire sulla Terra, mentre i politici e gli scienziati della coalizione lavoravano con i governi terrestri. Gli umani non avevano preso bene la notizia secondo cui il loro era un piccolo mondo insignificante in un sistema planetario che ne comprendeva più di duecento. Gli umani erano pochi, eppure continuavano a battibeccare tra di loro, sottovalutavano le loro donne e non rispettavano il loro pianeta.

"Hai ragione, Jessica Smith. Non ci si può fidare degli umani." Permettere ai governi umani di mettere le mani sulla tecnologia dello Sciame sarebbe stato un azzardo. Gli umani non riuscivano a smettere di uccidersi a vicenda, anche con la minaccia dello Sciame che incombeva. Non erano pronti per altro potere.

Premetti un bottone sulla mia maglietta.

"Ander, ho aperto le comunicazioni così che anche Jessica possa sentirti. Dice di caricare i corpi sulla loro nave e mandarli dritti dentro la stella della Terra. Non lasciare niente che possano prendere i loro scienziati."

La voce di Ander si sentì chiara e forte attraverso il piccolo altoparlante impiantato nella mia maglietta. "Chi è questa donna che dà ordini a dei guerrieri Prillon?"

Jessica sussultò a quella domanda, ma quello era niente paragonato allo shock che sapevo le avrebbero procurato le mie parole.

"La nostra compagna."

Il silenzio di Ander non durò che qualche secondo, ma le pulsazioni di Jessica, che avevano cominciato a rallentare, s'impennarono di nuovo mentre Ander parlava proprio a lei: "Piacere di conoscerti, compagna. Io sono Ander, il tuo secondo. È mio dovere, nonché privilegio, distruggere i tuoi nemici. E poi verrò da te. Il tuo piacere è l'unica ricompensa che voglio per aver strappato le teste dai loro corpi."

Da quando il mio secondo era diventato un poeta?

Guardai Jessica per giudicare la sua reazione al giuramento solenne di Ander. Il suo viso era una maschera confusa.

Un gruppo di killer dello Sciame aveva provato a ucciderla. Ora io la stringevo a me – e non avevo un aspetto meno feroce di quei killer – e le dicevo che lei era la nostra compagna. Ander stava per uccidere i suoi nemici e le aveva detto che l'avrebbe toccata per darle piacere, che quella era la sua unica ricompensa. Erano parecchie cose da assimilare, anche per una donna Prillon. E per una donna della Terra? Ero sorpreso che non fosse svenuta.

Le parole di Ander dovettero colpirla, ma non nel modo che mi aspettavo. Sentii l'odore della sua eccitazione: era tanto forte quanto l'odore delle sue ferite. Il profumo della sua figa bagnata era come una droga, che mi entrò nel sistema e andò dritta verso il mio cazzo duro. Non fosse stata ferita, l'avrei presa lì, seduta stante. L'avrei fatta mia per sempre.

Si morse il labbro e io sentii una voglia matta di assaporarla. Dovetti sforzarmi – non senza difficoltà – per concentrarmi sulle sue parole.

"Non capisco che cosa succede."

Sì, come mi aspettavo.

Si acciglò, le sue sopracciglia si avvicinarono l'un l'altra prendendo una forma adorabile che avevo già visto sul volto di Lady Deston quando discuteva con i suoi compagni. Volevo sporgermi in avanti e tracciare la cresta tra le sue sopracciglia con le mie labbra, ma rimasi fermo mentre lei tornava a ispezionarmi con rinnovato vigore.

"Sei uguale a loro. Chi è la tua gente? Perché hanno ucciso Clyde? Che cos'è il nucleo? E perché il tuo amico dice di essere il mio secondo? Che diavolo è un secondo? E poi quel giuramento, che avrebbe ucciso i miei nemici. Io non conosco nessun alieno, per non parlare di averli come nemici. E quella ricompensa? Non lo conosco, perché dice di volermi dare piacere e..."

La sua voce si affievolì, e lei posò di nuovo il suo sguardo su di me.

"Scopare?" Avevo il forte sospetto che lei riuscisse a vedermi negli occhi l'impellente bisogno che sentivo di scoparla. Aveva bisogno di vedere subito la connessione che c'era tra di noi. Era davvero stupefacente, quel programma di abbinamento, perché non avevo il minimo dubbio che lei fosse la mia compagna. L'avevo sentito non appena l'avevo vista. E il modo in cui mi sentivo mentre la stringevo tra le braccia non faceva che confermarlo. La nostra connessione sarebbe stata completa dopo la cerimonia di accoppiamento. Non avevo bisogno che un collare mi connettesse fisicamente al suo per sapere che eravamo legati, che dovevamo stare insieme. Lo sapevo e basta, ed era stupefacente.

Dei, volevo seppellire il cazzo dentro di lei e farla strillare. Volevo vedere i suoi seni che fremevano e si scuotevano. Volevo farle perdere il senno, mentre la facevo venire ancora e ancora. Avevo bisogno che la sua figa fosse zuppa, la mia lingua infilata fino in fondo, le dita che esploravano il suo culo mentre la facevo gemere e implorare e arrendere.

"Sì, scopare, anche quello."

Mi ero dimenticato di Ander all'altro capo. La soffice risposa di Jessica lo fece ringhiare per la lussuria. Sgranò gli occhi ma Ander recuperò in fretta, il suo tono smozzicato si sentiva chiaramente attraverso l'auricolare.

"Recupera il veicolo e prenditi cura della nostra compagna. Rimuoverò la minaccia e vi incontrerò alla struttura per il trasporto."

Si disconnesse e io ordinai al mio cazzo di abbassarsi. La mia compagna era tra le mie braccia e stava sanguinando. Le avrei detto tutto quello che doveva sapere dopo essermi preso cura delle sue ferite, quando avrei bilanciato la lezione con il piacere.

Scegliere Ander come mio secondo era stato saggio. Era coraggioso e potente, e io sapevo che il suo impegno nei confronti di Jessica significava che si sarebbe occupato interamente dei suoi nemici. Mi fidavo di lui. Avrebbe eliminato i corpi dello Sciame e la loro nave. Non osavamo provare a controllare la loro navicella, i programmi erano troppo sofisticati per essere hackerati e ci avrebbe condotto dritti dritti nelle grinfie dello Sciame.

Mai più. Sarei morto prima di permettere a un altro membro della loro razza di mettermi le mani addosso.

No, Ander avrebbe distrutto la loro nave e io avrei portato la nostra compagna nel centro elaborazione, dalla Custode Egara. Se mio padre non aveva ancora bloccato la stazione di trasporto – come pensavo – nel giro di poche ore sarei riuscito a portare la mia compagna a bordo della corazzata del comandante Deston, sana e salva.

Cominciai a correre, senza preoccuparmi che qualcuno potesse vedermi – mezza macchina, mezzo uomo, almeno per quelli della Terra – ma la notte era quieta. Passai come un'ombra attraverso il la lunga fila di unità abitative. Le automobili, i veicoli scelti dalla Terra, erano allineati lungo la strada. Alti alberi facevano scudo contro la luna, e la notte era rischiarata soltanto dalle luci attaccate alle entrate frontali delle unità abitative.

L'aria era calda, vicina alla temperatura controllata della corazzata, ma era umida. L'aria era carica di umidità, il che era... strano. Non avevo nessuna intenzione di rimanere sulla Terra abbastanza a lungo per investigare su questa stranezza. Quello su cui volevo investigare era –

Jessica gridò e io la guardai. La mia andatura la sballottolava facendole male. Mi fermai, pronto a metterla a terra, denudarla e applicare pressione sulle sue ferite, se necessario. "Sento l'odore del tuo sangue, compagna."

Scosse la testa contro il mio petto.

"Lo senti?" chiese sorpresa.

Non erano tutti in grado di sentire l'odore del sangue della loro compagna, o ero solo io che ci riuscivo, grazie agli impianti dello Sciame?"

"È solo un graffio. Ho visto di peggio. Puoi mettermi a

terra, adesso. Davvero, grazie. Grazie per il tuo aiuto, ma puoi andare." Le tremavano le dita. Mi accigliai. Provai a immaginare sotto quali circostanze una donna potesse soffrire ferite così gravi, se sanguinare attraverso i vestiti era considerata una cosa da niente. Aveva la spalla appiccicosa, ricoperta di sangue.

"Andare? Dove vado io, vai tu, compagna. Posso curarti. Assicurarmi che tu stia bene è una mia responsabilità."

"Scosse di nuovo la testa. "No. Può aspettare. Solo... mettimi giù. Devo andarmene di qui prima che altre di quelle... *cose* tornino indietro."

Avvinghiò lo strano oggetto che le penzolava attorno al collo. Riconoscevo un mirino o una lente quando ne vedevo una, ma non avevo ragione di credere che quell'oggetto fosse un'arma, e quindi fino ad ora l'avevo ignorato. Fosse stato un'arma, di certo l'avrebbe usata contro il ricognitore che l'aveva inseguita. Strinsi le braccia attorno alle sue curve. Non l'avrei lasciata andare. Mai. Ma sapevo che aveva paura e feci del mio meglio per tranquillizzarla e rassicurarla.

"Ander li distruggerà tutti. Non devi temere. Non ti cercheranno di nuovo."

"Loro? Che *cosa sono*?"

Mi irrigidii. Mi aspettavo che chiedesse *Che cosa sei tu?*, ma non lo fece. In qualche modo, sapeva che non rappresentavo un pericolo. Sapeva che ero il suo compagno, il compagno perfetto per lei, ma non ero sicuro che mi avrebbe creduto, non ancora, almeno.

"Ti spiegherò tutto, ma non qui e non ora."

Guardò lontano, rifiutandosi di incontrare il mio sguardo, mentre le sue mani cullavano la scatola nera che le penzolava attorno al collo. "Devo comunque andarmene. Ti prego, non ho bisogno che ti occupi tu dei miei problemi.

Fidati di me. Quelle cose non sono gli unici pazzoidi che mi vogliono vedere morta."

La mia compagna aveva molti segreti, e io mi sentivo intrigato. "Pazzoidi? Sono come dei nemici?"

Annuì.

"Compagna, se hai dei nemici, devi solo dirmi chi sono. Li eliminerò immediatamente."

Scosse la testa e sospirò. "Non puoi andartene in giro ad ammazzare la gente."

"Sì, posso." Il mio tono confidente le fece sgranare gli occhi. "Gli umani sono piccoli e deboli. Le loro ossa sono sottili, si rompono come dei ramoscelli." Questa donna aveva bisogno di protezione. Era minuta e spaventata. Fragile. Bellissima, ma debole. "Sarà un onore distruggere i tuoi *pazzoidi,* mentre Ander si prende cura degli altri."

Mi sorrise, come se stessi scherzando. "Non è questo il punto."

"Dimmi chi sono i tuoi nemici, donna. Li distruggerò." La frustrazione rimpiazzò l'orgoglio e mi accorsi di essermi accigliato. Perché doveva negarmi il diritto di proteggerla? Non ero degno di questo dono elementare?

Mi si appoggiò al petto, il collo inarcato e la testa sulla mia spalla. Mi guardava. "Fai sul serio con questi atteggiamenti da macho? Chi sei tu, di preciso, e perché continui a chiamarmi compagna? Sei un comunista o cose del genere? Perché sei abbastanza fuori moda, se è così." Si spinse contro la mia spalla. "Devi mettermi giù. Non sono una bambola."

"Non sono un comunista. Io sono il Principe Nial di Prillon Prime, il tuo compagno."

Si bloccò, gli occhi spalancati pieni di un'emozione che non riconoscevo. "Ma... ma – è uno scherzo? Perché non è divertente."

Sorrisi al suo tono energico, abbassai la testa e le nostre labbra si sfiorarono. Sussurrai: "Non sei un giocattolo, ma io voglio giocare con te e reclamarti. Sei soffice e formosa. Il tuo profumo mi fa indurire il cazzo, mi fa ronzare la testa. Sento l'odore della tua figa e mi piace che tu ti sia bagnata sentendo il giuramento del tuo secondo. Anche io richiedo il diritto di proteggerti, di prendermi cura di te, di soddisfare tutti i tuoi bisogni. Sei una compagna per cui vale la pena di lottare. Sei stata abbinata e reclamata, Jessica. Il sogno della cerimonia di accoppiamento, quello dove due uomini dominano la loro compagna? A giudicare dalla tua espressione sai a cosa mi riferisco. È quello che ci ha abbinati. So di cosa hai bisogno. Ander ci aiuterà a soddisfare questo bisogno. Insieme, ti daremo solo piacere. Ho attraversato la galassia per venire da te, compagna. Non ti lascerò andare. Tu sei mia."

Jessica Smith aprì la bocca per controbattere, e io la baciai mentre programmavo di scoparla, duramente, a fondo. Non le lasciai riprendere fiato. Non volevo che respirasse. La volevo sensibile, famelica, sottomessa.

5

Jessica

OH CAZZO, questo tipo sì che sapeva baciare. Non andava a tentativi. Non mi aveva semplicemente sfiorato le labbra. Non era stato veloce. Come aveva detto lui, era il bacio di uno che aveva attraverso l'intera galassia per reclamarmi. Era venuto per me da Prillon Prime, per darmi questo bacio. Ogni oncia della sua energia era concentrata sulla mia bocca. Le sue labbra premute contro le mie con l'urgenza di un uomo che è stato deprivato troppo a lungo.

E forse era così, perché anche a lui era stata negata la sua compagna. L'ordine personale del Prime ci aveva tenuti lontani, lui da me, ed io da lui. Il modo in cui la sua lingua si immergeva nella mia bocca mi fece capire quando mi desiderasse. Aveva il sapore di una spezia esotica, straniera, eppure completamente familiare, tanto da farmi fermare il cuore. Mi sciolsi tra le sue braccia, mi concessi interamente al suo bacio. A lui.

Non so quanto durò quel bacio. L'unica cosa che sapevo era che il mio corpo bruciava, ed ero eccitata come mai prima d'ora, con nessun fidanzato – mai, e per giunta solo con un bacio! Il leggero dolore delle mie ferite si aggiungeva alle sensazioni che mi stavano sovraccaricando i nervi. Il dolore mi svegliò e mi fece venir voglia di averne ancora.

Sfortunatamente, non ne avrei ottenuto di più. Non adesso, in mezzo alla strada, con il sangue che mi colava lungo la schiena e un principe alieno che mi teneva tra le braccia come se fossi la cosa più preziosa dell'universo.

Era enorme, come un giocatore di football. Era vestito come lo stereotipo del cattivo ragazzo che fa il motociclista, tutto pelle nera e magliette attillate che mi facevano venire voglia di strappargli i vestiti di dosso e leccargli quel petto e quelle spalle enormi. I suoi vestiti lo strizzavano come una seconda pelle.

Mai, nemmeno tra cento anni, avrei pensato che fosse un alieno. Ma ora che avevo visto la sua faccia, gli angoli duri, lo strano bagliore metallico sul lato della faccia e del collo, non riuscivo a credere di non averlo capito immediatamente. Era dorato, i capelli e l'occhio d'un oro scuro, l'altro occhio un po' più chiaro, come se portasse delle lenti a contatto argentate. Lo strano colorito della sua pelle spariva sotto il colletto della maglietta e mi chiesi se quella pelle fosse diversa, quanto del suo corpo fosse ricoperto da una carnagione più pallida. Il colore non era sorprendente, ma era come se avesse usato i lustrini per ricoprirsi tutto il corpo.

Volevo assaporarlo.

Le linee definite dei suoi muscoli mi fecero sentire

debole e piccola e molto, molto femminile. Era una cosa che io, alta quasi un metro e ottanta, non provavo spesso.

Forse era la sua stazza che mi faceva venire voglia di sciogliermi in lui, ma molto più probabilmente la mia nuova debolezza era dovuta a quel bacio strappa-mutandine.

Dallo sguardo che aveva nell'occhio quando sollevò la testa, capii che nemmeno lui voleva far finire quel bacio. Questo non era il luogo adatto. Lui si guardava attorno per controllare dove ci trovassimo, e l'aveva capito.

Arrivammo alla sua macchina fin troppo presto. Mi sistemò sul sedile del passeggero della piccola berlina, allacciandomi la cintura e prendendosi cura di me come fossi una bambina, e non una donna fatta e finita che era capace di prendersi cura di sé stessa. Ma non dissi nulla, quando le sue enormi mani mi strisciarono sulla pancia e sul fianco mentre mi allacciava la cintura. Il calore del suo tocco bastava quasi per respingere il freddo che mi invadeva i lombi.

La botta di adrenalina che avevo provato quando quella cosa aliena mi avevano quasi uccisa si stava ora affievolendo, e sapevo che presto sarei crollata. Le ferite mi facevano male, pulsavano assieme al mio cuore. Sentivo i muscoli deboli, tremolanti, e dovetti concentrarmi per fare dei respiri profondi. Mi tremavano le mani. D'improvviso sentii un freddo gelido e rabbrividii.

Chiuse la portiera e si sedette al posto del guidatore. Strozzai una risata vedendolo mentre si rannicchiava dietro il piccolo volante di quella che, ovviamente, era una macchina troppo piccola per lui. Un gel dal profumo floreale era attaccato alle bocchette dell'aria, un ciondolo a forma di angelo custode dondolava dallo specchietto retrovisore, tutta la macchina profumava di lavanda. "Di chi è questa macchina?"

"La Custode Egara ci ha dato il suo veicolo dopo il nostro arrivo." Accese il motore e il riscaldamento. Grazie a Dio. Sbattevo i denti per il freddo, non avevo più le sue braccia a tenermi calda.

"Vi ha dato anche il cellulare e gli auricolari?" chiesi, appoggiandomi contro lo schienale e girandomi per guardarlo.

"Sei una brava osservatrice, compagna. Sì, me lo ha dato lei questo primitivo sistema di comunicazione."

Sorrise e partimmo. Non eravamo lontani dal centro elaborazione, se era lì che stavamo andando. Al momento non mi importava granché di dove stessimo andando. Non aveva l'aria di volermi fare del male, e non potevo dire altrettanto riguardo la maggior parte degli uomini in giro per questa città. Se Clyde aveva scoperto le mie investigazioni, allora lo sapevano anche gli altri. Nessuno mi avrebbe cercata al centro elaborazioni, nessuno sapeva infatti che ci ero già stata, e quindi era un ottimo nascondiglio. Dopo la mia prima interazione con la Custode Egara, mi fidavo abbastanza per lasciare che desse un'occhiata alle mie ferite, quantomeno.

L'ospedale era fuori discussione. Sarei morta ancora prima che mi avessero chiesto il numero dell'assicurazione. Il cartello aveva occhi ed orecchie dappertutto. Morto Clyde, i suoi scagnozzi del cartello non sapevano che mi trovavo ancora sulla Terra, ma sarebbero venuti a cercami l'attimo dopo in cui sarei apparsa nei sistemi elettronici dell'ospedale. Sapevo troppe cose.

Chiusi gli occhi e appoggiai la testa al finestrino. Ero emozionalmente esausta. L'unica cosa che potevo fare era chiudere gli occhi e cercare di capire che cosa diamine stesse succedendo. La morte di Clyde mi addolorava, ma non quanto il suo tradimento. Stavo ancora cercando di elaborarlo. E il dolore, la sensazione di innocenza perduta, mi fece venire voglia di piangere. Era stato come un padre per me, e mi fidavo di lui ciecamente. Ora mi sentivo una sciocca, una stupida ragazzina che ammirava il suo paparino, che si fidava di lui perché troppo ingenua, troppo giovane e acerba per poter riconoscere che l'uomo che le stava stringendo la mano era un mostro.

Clyde era stato il mio comandante per due anni. Mi aveva presa sotto la sua ala, mi aveva addestrata a sparare e a proteggermi, mi aveva incoraggiato a sentirmi invincibile, a combattere. Mi aveva fatto credere che stavamo facendo qualcosa che era giusto, che facevamo la differenza nella guerra tra il bene e il male. E, per tutto il tempo, mi aveva mentito. Per tutto il tempo lui era il diavolo travestito, e io ero come cieca di fronte alla verità.

Mentre quel pensiero mi filtrava nella mente, il dolore si intensificò, un coltello che si rigirava nelle mie budella. Come aveva potuto essere così malvagio? Perché non l'avevo capito? Avrei dovuto saperlo. O almeno avrei dovuto sospettarlo. E forse lo avevo fatto, ma lo avevo negato a me stessa.

Ero così debole e bisognosa che avevo ignorato tutti gli indizi?

Mi ero sempre fidata della mia pancia, ma questa volta gli istinti mi avevano tradita. Quello mi aveva scioccata più di ogni altra cosa. Mi sentivo come un terreno instabile, e non mi piaceva. Nemmeno un po'.

Clyde era morto per mano dello Sciame. Io ero stata salvata dal mio compagno e dal suo secondo, Ander. Il mio compagno! Il suo arrivo, la presenza dell'unico uomo perfetto per me in tutto l'universo, adesso era più di una preoccupazione. Mi stava portando in salvo, e io ero completamente alla sua mercé.

E il suo aspetto! Era più grosso di ogni uomo umano che

avessi mai incontrato, più definito. Semplicemente... era di più. Aveva notato che lo stavo ispezionando e i suoi occhi si strinsero prima di tornare a concentrarsi sulla strada. "Non temere. La tecnologia dello Sciame non ti contaminerà."

"Cosa?" Contaminarmi? Era pazzo? Aveva fatto la scelta sbagliata salendo su questa macchina? Potevo saltare fuori al primo stop, ma mi avrebbe afferrata. Senza dubbio era più grosso, più forte, più in forma, e di certo più attento di me.

Sorrise, le sue armi stringevano il volante e sembrava potessero piegarlo. "La tecnologia dello Sciame non ti farà alcun male."

"A cosa ti riferisci? All'argento?"

Mi adocchiò velocemente, come se la mia risposta lo avesse sorpreso, ma io onestamente non avevo idea a cosa diavolo si riferisse. "Sì. Quando sono stato catturato dallo Sciame, le loro squadre di scienziati mi hanno torturato per ore. La maggior parte di quello che mi hanno fatto è stato rimosso. Quello che vedi adesso è permanente. Porto il loro segno anche sulla spalla, attraverso la schiena e lungo la gamba."

Cominciai a dispiacermi per lui. Lo Sciame si era veramente dato da fare. Avevo sentito fin troppe storie di soldati torturati oltre le linee nemiche. E sapevo personalmente quanto alcune cicatrici non si mostrassero in superficie. "È pericoloso?"

"No."

"Fa male?"

"No."

"Ok." Feci spallucce e tornai a guardare la strada. "E quindi? Ti rende velocissimo, o incredibilmente forte? Guarisce in fretta o ti dà un qualche vantaggio nella lotta?" Tremai, chiedendomi quali cose stupefacenti sarei stata in grado di fare con un po' di impianti cyborg. Sarei stata come la donna bionica, alla decima. Mi sarei comprata un costume e avrei fatto per davvero tutte quelle cose da supereroi. Sarebbe stato fichissimo. Mi sarei vestita tutta di nero, avrei preso a cazzotti i cattivi nelle tenebre.

Restò in silenzio così a lungo che mi girai per guardarlo.

"Sì. Sono molto più forte di parecchi guerrieri. Gli impianti incrementano anche i miei riflessi." Mi guardava con un'aria confusa. "Fai strane domande. Non hai paura di me?"

Soffocai una risata. Ero seduta nella sua macchina, mi avevano sparato e un cavolo di mostro alieno mi aveva inseguita per uccidermi. "Sei la cosa meno spaventosa con cui ho avuto a che fare negli ultimi giorni."

Si accigliò e io distolsi lo sguardo per vedere gli alberi che sfilavano fuori dal finestrino.

Ottimo. Senza dubbio l'avevo insultato, in qualche modo. Lo conoscevo da dieci minuti, e già mi sarei voluta mordere la lingua. Mi aveva già rifiutata. Perché adesso era qui? Prima che mi avessero abbandonata su quella sedia nel centro elaborazioni, che il mio trasporto fosse negato, mi sentito contenta ed esaltata, non vedevo l'ora di conoscerlo. Ma ora? Non sentivo alcun sollievo. O speranza. Mi sentivo ferita. Tradita.

Perché venire a cercarmi adesso? Cos'era cambiato? Non c'era nessun altro meglio di me? Volevo sapere, ma l'orgoglio mi impediva di fare domande. Non solo lui era qui, e chi diamine era Ander? Un secondo? E che voleva dire? E perché Ander, questo strano alieno, era così ossessionato da me – non lo conoscevo nemmeno – al punto da voler uccidere per me e vantarsene?

Ma la cosa che mi infastidiva di più era il fatto che tutto questo mi facesse eccitare. Di solito non andavo dietro ai maschi. Diamine, non organizzavo nemmeno degli appuntamenti. Di solito ero perfettamente contenta di prendermi cura di me stessa. Gli uomini erano troppo egoisti per avere a che fare con una donna forte. Volevano delle scolarette che piagnucolavano e sorridevano falsamente, che li palpeggiavano e gli dicevano quanto fossero bravi a letto, quanto forti e belli e tutti gli altri elogi che gli uomini dalla mente debole volevano sentirsi dire.

Io non avevo tempo da perdere con queste cose. Ero stata un soldato per quattro anni. Mio padre era un poliziotto, ucciso durante uno scambio di droga finito male. Avevo sedici anni. Mia madre era morta di cancro quattro anni dopo. Ero cresciuta senza fratelli né sorelle. Sapevo chi ero, e gli uomini – o gli alieni – *non* viaggiavano per mezza galassia per venire da me. Diamine, nessun uomo aveva mai attraversato la città per me. I miei genitori avevano vissuto nel mondo reale. Sapevo tutto di droghe, prostituzione e corruzione prima ancora di compiere dieci anni. E, per questo, sapevo quanto fosse importante combattere per la giustizia.

Se la brava gente non combatteva per questo mondo, sarebbe andato tutto in malora. Vedevo la corruzione, il male che lacerava il tessuto della società. Sapere che gli uomini come Clyde peggioravano le cose mi faceva ribollire di rabbia e frustrazione. Ero stata una combattente. Avevo rintracciato denaro sporco, mi ero esposta scrivendo articoli sulla corruzione, a ogni livello, e mi ero rifiutata di farmi comprare.

La mia ricompensa? Mi avevano incastrata e giudicata colpevole, e la mia condanna a vita era essere la sposa di un guerriero alieno che non avevo mai incontrato.

Fino a quando lui aveva deciso che non mi voleva più. E già, era parecchio strambo. Presuntuoso. Con una volontà

fortissima. Troppo alto, troppo grande, troppo diretto. Mi
ero arruolata nell'esercito per imparare a combattere con il
mio corpo, e mi ero iscritta al college per imparare a
combattere con il cervello. Giocavo pesante, non mentivo, e
non mi bevevo le stronzate degli uomini. Mai.

E si presenta qui questo tizio, assieme al suo amico, si
comportano da Neanderthal, piombano all'improvviso per
salvarmi dai cattivi e io mi arrapo e mi bagno?

Che cavolo di problema avevo? Non avevo bisogno di
essere salvata da un uomo. Non avevo bisogno di un uomo
punto e basta. Nemmeno per il sesso, non quando un vibra-
tore fidato bastava e avanzava. Tranne per quel bacio...

"Sto impazzendo."

"Sei ferita e sotto shock. Non preoccuparti, compagna, la
tua mente è intatta.

Va bene, signor sexy alieno. "Letteralmente?"

"Non capisco la domanda."

"Non fa niente. Che cosa sono quelle cose, esattamente?"
Voltai di nuovo la testa e aprii gli occhi per studiare l'uomo
che mi aveva salvato da una cattura certa. La sua faccia era
forte, i suoi lineamenti leggermente più angolati di quelli di
un essere umano, ma non per questo meno attraenti. Occu-
pava il piccolo spazio all'interno della macchina come una
montagna strizzata dentro un ditale, ma maneggiava il
veicolo con una maestria che trovavo affascinante, proprio
perché ero sicura che non avesse mai guidato un'auto prima
di arrivare sulla Terra.

Non importava che la visione delle sue mani mi provo-
cava immagini di lui che le usava per toccarmi, per far scivolare quelle lunghe dita dentro di me e farmi venire su di lui.
E quel bacio? Ne volevo altri. Diamine, ogni donna nel
possesso delle sue facoltà ne avrebbe voluti altri. Era grosso
e muscoloso e mi faceva provare cose che non avevo mai

provato prima d'ora, come lo stupore. Il rispetto. E in parte era una macchina. Da quello che aveva detto riguardo all'essere catturato dallo Sciame e usato per un qualche tipo di esperimento, ora era – e lo sarebbe sempre stato – in parte macchina. Era da pazzi.

Ma, anche così, era bellissimo, ben piantato ed enorme, grande abbastanza da farmi credere che avrebbe potuto lottare a mani nude con un grizzly e vincere. Lo strano lucichio della sua pelle era come un faro per le mie dita. Volevo toccarlo, esplorarlo e vedere le differenze dal resto del suo corpo, assaporare i tessuti che lo rendevano più forte e veloce di quelli della sua razza. Lo Sciame doveva aver provato a creare un'arma da poter usare, ma invece avevano finito col creare un nemico formidabile.

E quello mi faceva venire voglia di arrampicarmi sul suo grembo e fare le mie rivendicazioni. Il pensiero di lui che toccava un'altra donna, la portava tra le sue braccia, giurava di uccidere per lei, la proteggeva e parlava di scoparla... mi faceva vedere nero. Non ero sicura di cosa volessi da lui, non ancora. Ma il pensiero di un'altra donna che lo toccava era del tutto inaccettabile.

Al di là della mia reazione nei confronti del suo aspetto e della sua stazza ultra-sexy – il che significava che il calore bagnato nelle mie mutandine mi etichettava come totalmente superficiale, vana e arrapata – lui riusciva a farmi sentire... al sicuro.

Mi faceva sentire protetta, così come ci riusciva mio padre prima di venire ucciso. Dopo che gli avevano sparato avevo imparato la prima vera verità – nessuno era mai al sicuro, e nessun uomo sarebbe mai stato abbastanza forte per proteggermi. E quindi avevo soffocato i sentimenti che lui mi procurava perché non avevo bisogno di un uomo. Era quello il mio mantra. *Non ho bisogno di un uomo.*

Grazie a Dio, Nial cominciò a parlare, perché mentre pensavo a quanto non avessi bisogno di un uomo, la mia libido invece pensava a stargli intorno per avere un altro di quei baci fuori dal mondo, sexy in modo spropositato. Mi si bagnò la figa pensando a quanto mi pizzicassero ancora le labbra, e sapevo che lui poteva sentirne l'odore. In che modo, proprio non ne avevo idea, ma le sue narici si allargarono e si voltò verso di me, i suoi occhi mi accesero un fuoco dentro, e poi tornò a concentrarsi sulla strada.

Non riuscivo a pensare alle mie reazioni da pazzi nei confronti di un uomo che per metà era una macchina. Lo desideravo disperatamente. Questo bisogno, questa brama, mi ricordava della lussuria che avevo dentro di me quando ero fatta di Bomba S, e io non volevo intossicarmi con niente, nemmeno con un uomo.

Oppure sì? Era così che ci si sentiva quando si aveva un compagno? Era come una droga? Si vuole sempre il loro tocco, si bramano le loro attenzioni? Se era così, non ero sicura che mi piacesse.

"Le creature che hai incontrato erano ricognitori dello Sciame," disse irrompendo nei miei pensieri. "Non so perché si trovino qui."

Mi ero dimenticata della domanda.

"Lo Sciame?" chiesi. "La razza aliena che ha costretto la Terra a farsi proteggere dalla Coalizione?"

Avevo letto tutto quello che avevo trovato riguardo allo Sciame – me lo ero procurato in ogni modo, legale o no. Per la maggior parte, la gente della Terra sapeva solo quello che le veniva raccontato. Una razza aliena minacciava di attaccarci e la Coalizione Interstellare dei Pianeti era intervenuta e aveva offerto protezione al nostro pianeta in cambio di spose e soldati. Alla coalizione non importava che i leader della Terra decidessero di mandare delle criminali condannate, come me. Oltre alla protezione della coalizione, i leader della Terra erano più che contenti di poter togliersi dalle scatole la peggiore teppa della società.

Era ovvio che gli alieni però avessero ben altri standard, ed era per quello che il mio compagno mi aveva rifiutata. Una ladra l'avrebbero pure accettata. Un'assassina? Nessun problema. Ma io? No. Davvero non riuscivo a capire, e mi faceva male più di ogni altra ferita che mi avessero mai inferto.

"Perché lo Sciame vorrebbe venire qui?" Il tono secco della mia voce era in parte dovuto al dolore del rifiuto che ancora persisteva. "Anche se ti... hanno fatto tutte queste cose." Ondeggiai la mano verso di lui. "A noi, qui sulla Terra, non hanno fatto niente."

La Terra mandava spose e soldati, come aveva promesso alla Coalizione in cambio di protezione. Se l'esercito alieno non stava facendo il suo lavoro, non riusciva a tenere lo Sciame lontano da noi, allora il popolo della Terra doveva saperlo.

Mi tolsi la mia preziosa fotocamera dal collo e la poggiai ai miei piedi. Capivo che stavo stuzzicando Nial oltremodo, ma non mi importava. Un mio caro amico mi aveva appena sparata, una di quelle cose mi aveva appena inseguita. Il ricognitore dello Sciame – qualunque cosa significasse – voleva portarmi in un posto chiamato il nucleo. Perché?

"Fai molte domande, compagna."

"Io non sono la tua compagna," ribattei. "Rispondi alla domanda."

Mi ringhiò contro! Un ringhio vero e proprio. I suoi occhi brillavano. Tolse una mano dal volante e se la infilò nei pantaloni. Si toccò il cazzo ancora e ancora, poi la tirò fuori e me la avvicinò.

Bleah! Che cavolo?

Mi spiaccicai contro la portiera per non farmi toccare dalle sue enormi mani, ma non si poteva fuggire molto lontano in quella macchinetta, e lui era enorme. Mi afferrò l'avambraccio nudo e io sentii una punta di umidità scivolarmi sulla pelle. *Che schifo!* Che diamine stava facendo?

Cercai di tirare via il braccio, di resistere al tocco di questo pervertito, ma la sua presa era come una morsa. Una morsa gentile – ma non mi avrebbe lasciata andare. Per chissà quale ridicola ragione mi impediva di pulirmi dalla pre-eiaculazione che mi aveva spalmato sulla pelle. Perché di quello si trattava, per forza.

"Che diamine stai facendo?" gridai.

"Condivido la mia essenza con la mia compagna."

"Sei pazzo o che? Un pervertito? Sì, il bacio è stato grande e va bene, ma la maggior parte degli uomini non si tirano una sega di fronte a una donna che non conoscono! Quindi, te lo chiedo di nuovo. Che. Diamine. Fai?"

Invece di rispondermi, mi sorrise. Lo sguardo che mi offrì mi spavento più di qualunque altra cosa avessi visto quel giorno. Era lo sguardo della possessione assoluta, totale. "Mi assicuro che tu sappia a chi appartieni."

6

*J*essica

"Io –"

Ero pronta a dirgli di no, perché, veramente, quella era la cosa più arrogante, prepotente, strafottente che avessi mai sentito in vita mia – ed ero stata nell'esercito. Che cosa gli dava il diritto di parlarmi in quel modo? Che cosa diavolo gli dava il diritto di toccarmi così? Si era masturbato e – anche se mi aveva dimostrato che mi trovava desiderabile – mi aveva toccato con i suoi umori. Faceva schifo, una cosa da maniaco, certo da pervertito e –

Quella sensazione umida sul mio braccio diventò un calore pulsante che sembrava invadermi le vene per arrivarmi dritto dritto in mezzo alle gambe. Mi si indurirono i capezzoli e la mia figa si contrasse, d'improvviso sentii il bisogno disperato di essere riempita. Il desiderio mi corse lungo il corpo come una dose di Bomba S. Mi leccai le labbra, ansimando. Per diversi secondi non mi accorsi nemmeno di fissargli la bocca. Il mio corpo doleva. Lo bramavo. Solo lui. La sua presa salda, che solo un istante fa mi era sembrata restrittiva, ora era... sicura.

Abbastanza stranamente, riuscivo a sentire il suo odore, un odore legnoso, che mi faceva venire voglia di mettermi nel suo grembo e leccargli tutto il corpo. Volevo il suo cazzo nella mia bocca. Volevo...

Guardai in basso e vidi il caratteristico rigonfiamento nei pantaloni. Ne avevo una tale voglia... contrassi il mio nucleo pensando in modo ridicolo al suo cazzo che mi riempiva.

"Che diavolo mi hai fatto? Stai cercando di drogarmi? Usare la Bomba S per prendersi una ragazza non è una bella cosa."

Il suo sguardo passò sopra di me. Mi lasciò andare e rimise entrambe le mani sul volante.

"Non so cosa sia una Bomba S," rispose.

"Non sai cosa sia... il modo in cui mi sento...?"

Ignorò la mia domanda, mentre entravamo nel parcheggio del centro elaborazione. La prima volta che ero arrivata qui ero passata attraverso l'entrata delle volontarie, ammanettata, e non avevo visto il cancello principale. Era un palazzo anonimo e il parcheggio era deserto.

Quando la macchina si fermò, avevo già sganciato la cintura e aperto la portiera, pronta a scappare a gambe levate.

Riuscii a fare tre passi tremolanti prima di venire solle- vata da terra. "No! Mettimi giù."

Mi dimenai, ma la sua presa era troppo salda. Tutta muscoli e parti metalliche.

"Sei ferita. Ti curerò, compagna. E poi finirò la tua lezione."

Lezione? Che lezione? La mia mente mi urlava di discutere con lui, di costringerlo a mettermi a terra, ma il mio corpo la pensava diversamente. Stranamente, l'odore della sua pelle, così vicina a me, era un'esca che non potevo ignorare. *Non volevo* che mi mettesse giù, e questo cosa voleva dire? Che avevo sbattuto la testa? Che avevo perso troppo sangue e cominciavo a delirare?

Che stavo impazzendo?

Stavo tremando, i tre passi che avevo fatto mi avevano rivelato che ero più debole di quanto pensassi.

Nial mi prese tra le sue braccia. Premette il citofono all'esterno del palazzo. Ci fecero entrare immediatamente, come se la custode stesse aspettando il nostro arrivo.

Non appena le porte si chiusero dietro di noi, mi abbandonai al mio desiderio, premetti il naso contro la pelle calda del collo di Nial e affogai nel calore e nel muschio oscuro del suo corpo. Gemetti e chiusi gli occhi sopraffatta da quell'odore. Era il modo perfetto per distrarmi dal dolore che peggiorava ad ogni secondo.

Sentii dei passi frettolosi e aprii gli occhi. La custode ci venne incontro portando dei jeans e una camicetta al posto della solita uniforme della coalizione. Aveva i capelli sciolti sulle spalle e mi accigliai. Non era molto più vecchia di me.

"Sei molto bella."

Da dove usciva quello? Ero pure ubriaca, adesso?

La custode arrossì, chiaramente compiaciuta. I suoi occhi guizzarono verso la faccia di Nial, poi si spostarono altrettanto velocemente, come se la presenza di Nial non la mettesse a suo agio. Forse era così. Forse lo voleva tutto per sé. Non potevo biasimarla. Se... smaniava la metà di quanto facevo io, anche lei probabilmente sentiva la voglia di avvinghiarglisi al collo.

"Grazie, Jessica." Mi guardò da testa a piedi, ma mi avevano sparato nella schiena e sapevo che non avrebbe

visto granché oltre al sangue che avevo sui vestiti. Guardò
Nial: "È ferita gravemente?"

"Sì. Non so ancora fino a che punto, ma anche se la sua
bocca è piena di parole irritanti, è debole e sta andando
sotto shock. Avete un'unità ReGen qui?"

Mi chiesi cosa fosse, ma non riuscii a raccogliere le forze
per chiederlo a loro.

"No. Ho una piccola bacchetta ReGen, ma un'unità
completa. Seguitemi." Si girò e cominciò a correre piano, e
le lunghe gambe di Nial le stavano facilmente dietro, mentre
ci dirigevamo nella sala esami che avevo visto durante i miei
test. La custode indicò un lungo tavolo. "Distendila qui.
Dobbiamo toglierle i vestiti."

Cosa? No.

Nial mi poggiò sul tavolo come se fossi fatta di porcel-
lana. Il che era dolce, almeno fino a quando non mi afferrò
il colletto della maglietta e la strappò a metà, sfilandomela
dalle braccia e gettandola sul pavimento come fosse uno
straccio.

"Ehi!"

Mi coprii con le braccia, ma Nial non mi guardava come
quando mi ero imbattuta in lui per strada. Non c'era calore
nel suo sguardo, solo una precisione clinica.

Non rispose alla mia protesta, ma mi sfilò le scarpe e le
gettò sul pavimento con due tonfi pesanti. Mise le mani sui
miei pantaloni cargo e li strappò a metà, all'altezza del
cavallo senza nessuno sforzo, come se stesse strappando dei
fogli di carta. Mi premette le mani al centro del petto e mi
costrinse a distendermi. Poi si mosse verso i miei piedi.
Mentre mi sollevavo sui gomiti, con destrezza sfilò le due
metà dei pantaloni lasciandomi nuda. Avevo indosso solo il
reggiseno e le mutandine rosa a pois e orlati di nero. Non
era certo una comune uniforme da ricognizione ma,

essendo l'unica femmina in mezzo a tanti maschi, il frivolo intimo di pizzo era la mia unica vanità. Dal momento che nessun uomo era interessato al mio lato esterno – la mia attitudine da stronza, l'arroganza e i miei modi da maschiaccio – la lingerie era solo e soltanto per me.

Mi distesi sul tavolo freddo e Nial mi divorò con gli occhi. Mi coprii i seni con un gesto istintivo delle braccia che mi fece sentire troppo debole e troppo vulnerabile. Questa non ero io. Non mi facevo piccola piccola di fronte a nessun uomo. Mai.

Lentamente, sollevai le braccia e il mento. Ero distesa di schiena sul tavolo per gli esami, e potevo sentire il sangue appiccicoso dietro la spalla e dietro la coscia. Guardai Nial fino a quando lui non risollevò lo sguardo per incrociare il mio, uno sguardo di sfida. *Continua pure a guardare*, pensai. *Ciò non vuol dire che potrai toccare.*

"Che cosa abbiamo qui?" La Custode Egara si mise in mezzo a noi e tirai un sospiro di sollievo nel sentirmi sollevata dall'intensità dello sguardo di Nial. Mi concentrai completamente sulla custode. Era più sicuro ignorare il gigante alieno che incombeva su di me come un maschio alfa dominante e iperprotettivo. Come se ne avessi bisogno. Parlai con la custode.

"Un fucile calibro 12. Il mio vecchio capo stava sparando ai ricognitori dello Sciame, ma i pallettoni devono aver rimbalzato. Me ne sono preso uno nella spalla, uno nella coscia. Se ne ho altri, non li sento." Provai a spostarmi su un fianco, ma il dolore si intensificava esponenzialmente a ogni minuto che passavo ferma, come se mi stessi congelando, bloccando. Trasalii, sibilai, e sprofondai sul tavolo.

Avevo ancora i muscoli che mi aiutavano a scalare i muri e a portare la pesante attrezzatura attraverso il deserto. Lavoravo sodo per tenermi in forma, e ne ero grata. Se non avessi

continuato a tenermi in allenamento anche dopo essermi
congedata dall'esercito, quel ricognitore dello Sciame mi
avrebbe raggiunta e travolta.

"E mi dispiace per la tua macchina."

Si acciglió. "Che ha fatto la mia macchina?"

"Ho sporcato i sedili di sangue."

"Oh, ma va'. Non fa niente."

La custode mi afferró il bicipite, l'altra mano sul fianco, e
mi aiutó a mettermi su un fianco. Provai senza successo a
reprimere il gemito di dolore. Era più piccola di me e le sue
braccia e le sue spalle erano più sottili, più delicate e
femminili.

Nial si affrettò e le sue grandi mani mi sollevarono siste-
mandomi in modo che la custode potesse controllarmi le
ferite.

Brontolavo e sanguinavo, ma non ero una stronza totale.
La strana reazione – un'eccitazione istantanea – che avevo
avuto in macchina era ormai svanita, ma con le mani di Nial
sul mio corpo, eccola che ritornava. Quel semplice gesto, i
suoi palmi posizionati sulla mia pelle, mi faceva eccitare.
Assaporai la sua forza, che era strana e disorientante, perché
avevo sempre fatto affidamento solo su di me. Non volevo
aver bisogno dell'aiuto di nessuno, né della sua forza. Avevo
bisogno di essere forte per conto mio.

"Grazie," disse la custode mentre mi avvicinava il
carrello con l'attrezzatura medica. Si voltò verso Nial, che
continuava a sorreggermi, e pulì e fasciò le mie ferite. Non
volevo vedere cosa stesse facendo.

"Questo farà male." Le sue parole furono l'unico avvertimento che ricevetti, prima che un lungo oggetto di metallo
appuntito cominciò a scavarmi dentro la carne. Una specie
di pinzette?

"Fa' in fretta." Trasalii e afferrai il bordo del tavolo. Avevo bisogno di aggrapparmi a qualcosa, qualcosa per non pensare al dolore, mentre lei mi ravanava dentro la carne.

Una calda mano avvolse completamente la mia, mi afferrò e mi strinse il palmo tremante. Nial. Mi aggrappai a lui con tutta la forza che avevo, mentre la custode scavava come se stesse provando a intenerire una bistecca e non a rimuovere un frammento di proiettile.

"Non hai qualcosa per attenuare il dolore? Lidocaina o –" Mi pugnalò con l'oggetto e risucchiai l'aria attraverso i denti stretti. "– whisky?"

"Non posso. Mi dispiace." La sua voce era calma e sincera, mentre continuava a pungolarmi e a infilzarmi. "Quelle medicine interferirebbero con la bacchetta ReGen."

Non avevo idea di cosa fosse una bacchetta ReGen, e non me ne importava granché. Cominciai a contare mentalmente fino a cento, con lentezza. Non era la mia prima volta su un tavolo operatorio, e queste certo non era la peggior ferita con cui avevo avuto a che fare. Faceva un male cane, ma sarei sopravvissuta. Le cicatrici sul mio corpo erano la prova che sapevo questo per esperienza diretta. Eppure, tutte quelle cicatrici, quei difetti, erano un motivo in più perché non mi ero mai sentita a mio agio nuda di fronte a un uomo...

Aprii gli occhi, curiosa di vedere la reazione di Nial di fronte alle cicatrici sulla mia schiena e sul fianco. Come pensavo, il suo sguardo viaggiò da una piccola cicatrice rosa all'altra. Mi aspettavo di scorgere curiosità, o disgusto. Non rabbia.

"Chi ti ha fatto del male, compagna?" Mi guardò negli occhi. Aveva la mascella serrata, le vene del collo e delle tempie gonfie in risposta alle sue emozioni. "Dimmelo subito, e lo ucciderò."

Risi, e poi subito sussultai mentre la custode, dopo avere

tirato fuori il pezzo di metallo dalla mia spalla, mi infilzò
con vigore la parte posteriore della coscia.

"Pare che tu voglia uccidere un sacco di cose," risposi
digrignando i denti.

"Distruggerei intere civiltà pur di proteggerti."

Ok, wow. Stava diventando un po' troppo intenso per i
miei gusti. "Non c'è nessuno da uccidere. È stata una mina
in Iraq."

Tracciò una linea di un paio di centimetri sulla mia
coscia e mi fece fremere. "Che cos'è una mina, compagna?
Non capisco. Perché ti ha attaccata?"

Trattenni il respiro, mentre la custode mi tirava fuori
dalla gamba la seconda scheggia di proiettile. Posò le
pinzette sul carrello. Mi mancava l'aria, ma mi sentivo sollevata che la parte odierna di scavature fosse terminata, e la
mia risposta fu poco più di un sussurro. "Quella che mi ha
ferita era una bomba artigianale. Quella –" indicai con un
cenno del capo la linea sulla mia coscia "– è stata causata da
un chiodo di dieci centimetri."

"Perché sei stata attaccata?"

Feci spallucce. "Nial, in guerra è pieno di roba che
esplode. La gente muore." Come ad esempio il soldato che
era al mio fianco, quando facemmo scattare quella mina tre
anni fa. Era stato preso in pieno dall'esplosione ed era
morto tra le mie braccia.

"Le donne non vanno in guerra."

Alzai gli occhi al cielo. "Le donne della Terra sì."

"E allora portarti via da questo pianeta è un'ottima cosa.
Gli uomini qui sono degli idioti."

Non potevo certo contraddirlo.

La custode si era allontanata. Ritornò con una piccola
bacchetta che assomigliava al mio telecomando della televi-
sione, però con una spirale blu fosforescente che fuoriusciva

in cima. Lo tenne sospeso sopra la ferita che avevo sulla coscia e sospirai sentendo la luce che mi entrava nel corpo, calda e confortevole e perfetta. Non sentivo più il dolore. Guardai in basso e vidi che la mia pelle, sebbene ancora ricoperta di sangue, si era completamente richiusa.

"Oh, mio Dio. Ma è fantastico."

La custode sorrise e mi curò la ferita alla spalla. Sentii un sollievo immediato "Mi perdoni per non averti dato dell'anestetico?"

"Sì." Pronunciai il mio 'sì' come un lamento. Il dolore era sparito. Poggiai la testa sul tavolo e sospirai. Dio, come mi sentivo bene.

Avrei dovuto lasciare andare la mano di Nial, ma non ero pronta. Non ancora. Ora volevo continuare a fluttuare, ancora per un minuto, e non pensare al cartello, a Clyde, o a quei cosi dello Sciame che mi davano la caccia. Volevo sentirmi bene e indulgere nel caldo tocco di Nial. Ero libera dal dolore, e il suo tocco era... confortante.

Ma non ero mai stata brava a ottenere quello che volevo, e la mia mente, libera dalla distrazione dei proiettili che mi piovevano addosso, accelerò di colpo. Dovevo fare delle cose. La breve tregua era terminata.

Dovevo inviare le fotografie ai contatti che avevo nella polizia e tra i giornalisti. Dovevo finire quello che avevo iniziato. Presto avrebbero scoperto che Clyde era morto. Volevo essere sicura che il fervore dei media non sarebbe andato sprecato.

"Ho bisogno della mia fotocamera." Provai a mettermi seduta, ma la stanza si mise a girare e strinsi con forza la mano di Nial provando a non cadere dal tavolo.

"La strana scatola nera che ti penzolava dal collo?" chiese Nial.

"Sì." Provai di nuovo a mettermi seduta, ma una grossa

mano si posò sul mio petto, alla base del collo, e mi tenne giù. Sollevai entrambe le mani per scacciare il palmo caldo di Nial via dalla mia pelle sensibile, ma non si mosse nemmeno di un millimetro e finii coll'aggrapparmi a lui.

Mi sentivo frustrata. Alzai lo sguardo e guardai la sua faccia completamente impassibile. La forza e la confidenza che vedevo nella sua espressione mi fece venire i brividi, e fui costretta a implorarlo di farmi alzare. "L'ho lasciata in macchina. Devo andare a prenderla. È importante."

Mi guardò, e nel suo sguardo era tornato il calore. Forse perché avevo smesso di combatterlo e mi attaccavo a lui. "La farò portare da Ander non appena torna."

Ander. Il mio secondo, qualunque cosa volesse dire. Mi ero dimenticata di lui.

"E quando torna?" Scossi la testa e provai di nuovo a scacciare la mano di Nial. "Mi serve. Qualcuno potrebbe rubarla. Devo andare a prenderla adesso."

"Non uscirai da questo palazzo, compagna, non è sicuro. Hai bisogno di riposarti prima del trasporto."

"Cosa?" Trasporto? No. No. No. "Io non vado da nessuna parte."

Nial strinse gli occhi. "Tu sei la mia compagna. Andrai dove ti dico io."

Soffocai una risata emettendo un suono infelice. Dietro quel fragile suono si sentivano chiaramente il mio disappunto, il mio dolore. "No, non verrò. Hai avuto la tua occasione, e mi hai respinta. Il che vuol dire che sono libera. Io ho rispettato la mia parte di contratto. Non ho più nessun obbligo. Non sono più tua. Mi hai abbandonata."

I suoi occhi si strinsero ancora di più e potevo vedere che non gli piaceva essere contraddetto. Percepivo la sua frustrazione e la sua furia, ma non riuscivo a sentirli attraverso il suo tocco.

"Non m'importa niente dei tuoi contratti terrestri, donna. Tu sei mia, sei stata abbinata a me. Mio padre ti ha negato il trasporto. Io non c'entro niente, e mi sono infuriato quando ho scoperto cosa aveva fatto. Non è cambiato niente, sono stato costretto a venire qui a recuperarti. Lascia che sia chiaro: tu non sei stata *respinta*. Non ti abbandonerò. Tu sei mia."

Feci un respiro profondo, mi preparai a replicare, ma la Custode Egara, che per tutto il tempo si era agitata di fianco a me, sollevò le mani a mezz'aria. "Andrò io a prendere la fotocamera. Nessuno sospetterà niente. È la mia macchina."

Ero felice di poter ignorare quest'intensissima versione di Nial e mi girai verso di lei. "Grazie."

"Nessun problema." Si girò e uscì dalla stanza, la grande porta scorrevole si chiuse dietro di lei con un fruscio.

Celebrai quella piccola vittoria per circa cinque secondi. Fu proprio in quel momento che mi resi conto di essere nuda e completamente sola con un guerriero alieno che era convinto – in modo del tutto serio – che io gli appartenessi.

7

Nial

La mia compagna tremò sotto il mio palmo. Il suo corpo magro e affusolato era così bello che mi venne una voglia pazzesca di strapparle quell'indumento rosa via dai seni e dalla figa e assaporarla.

Le cicatrici sul suo corpo e nei suoi occhi mi impedirono di dare ragione a quell'impulso. La sua stessa gente l'aveva usata come soldato, aveva sfregiato il suo corpo perfetto e le avevano insegnato a non fidarsi. Il rifiuto di mio padre l'aveva ferita profondamente. Ora lei dubitava di me, dubitava del desiderio che provavo per lei. Un altro motivo in più per odiare quell'uomo. Nessuno avrebbe dovuto mettersi in mezzo a un uomo e alla sua compagna.

Le avrei dimostrato che si sbagliava, ma forzare la mano non mi avrebbe certo aiutato a conquistarla. Era ferita e spaventata, anche sotto quella facciata burbera che manteneva tanto bene. In macchina, quando le avevo spalmato sulla pelle la mia pre-eiaculazione, per un momento quella maschera era caduta. Il potere che il nostro seme conteneva, il potere di legare una donna ai suoi compagni, era leggendario; ma le donne di Prillon non reagivano come aveva fatto la mia piccola compagna. Su Prillon Prime, le femmine si sarebbero eccitate con il seme dei loro compagni e, col tempo, di solito mesi, in genere cominciavano a smaniare per essere toccate dai loro compagni. Ma il legame era lento e prevedibile, facile da ignorare se una donna lo voleva.

Ma non la mia Jessica. La sua reazione era stata istantanea, affascinante, e mi faceva desiderare ardentemente di scoparla, proprio là dentro quella macchina.

Il comandante Deston mi aveva avvertito, e avevo visto come la sua compagna rispondeva agli agenti chimici del suo seme durante la cerimonia di accoppiamento. Avevo visto la loro compagna agitarsi e implorare per averne di più, ma non avevo compreso appieno il potere legante che il seme aveva su una femmina umana fino a quando non avevo spalmato quella piccola dose di pre-eiaculazione sul braccio di Jessica.

Il mio cazzo aveva pompato tre volte, e quello era bastato a farmi colare della pre-eiaculazione dalla punta. Mi era diventato duro fin dal momento in cui Jessica mi aveva sbattuto contro, subito avevo cominciato a smaniare per lei. Ero pronto.

Afferrarle il braccio, lasciare che il fluido trasparente penetrasse nella sua pelle, era stato un modo per provare a calmarla, per calmarla abbastanza da farla ragionare lucidamente quando si parlava del nostro legame. Nel giro di pochi secondi, lei aveva risposto, e l'odore della sua figa bagnata aveva inondato i piccoli interni della macchina. Le sue pupille si erano dilatate, mi aveva divorato con gli occhi, ispezionandomi con lo sguardo di una donna che voleva essere toccata.

Volevo le sue mani su di me più di quanto non avessi mai desiderato nulla, nemmeno il trono. Mi fissava, guarita ma scossa, quasi completamente nuda ma non spaventata, e il mio cazzo si gonfiò ancora di più. Oh, dei, lei era mia.

Era sembrata turbata dall'eccitazione che aveva provato in macchina, ma io avevo accettato il legame che il seme mi avrebbe aiutato a stabilire. Avrei aspettato, se necessario; lentamente avrei conquistato il suo cuore e la sua mente. Il suo corpo già riconosceva la verità: che eravamo fatti l'uno per l'altra e, se la seduzione doveva essere la strada da intraprendere, sarei stato spietato padroneggiando il suo piacere.

Il tempo e la cerimonia di rivendicazione avrebbero risolto tutti i suoi dubbi. Si era già sciolta tra le mie braccia, soffice e compiacente, aveva accettato i miei baci, li desiderava, e tutto era avvenuto ancor prima che la mia pre-eiaculazione toccasse la sua pelle.

L'avrei avuta. La mia orgogliosa sposa guerriera.

Avevo bisogno di trattarla per quello che era: una creatura danneggiata e stressata, che temeva la forte mano di un compagno dominante. Per me era più che ovvio, anche se la conoscevo da poco. Discuteva e combatteva e imprecava, ma era tutta scena, uno spesso scudo per proteggersi. Aveva avuto bisogno di costruirsi questa corazza dopo aver avuto a che fare con gli uomini del suo mondo, ma non ne aveva bisogno con me. Gli uomini della Terra erano chiaramente degli sciocchi. Avevano abusato di lei. Il mio arrogante padre aveva aggiunto l'insulto alle ferite.

Niente di tutto quello importava, mentre lei giaceva debole e tremante sul tavolo e si aggrappava al mio braccio. Dovevo interpretare questo bisogno che sentiva di reggersi a me come una buona indicazione che lei, nel profondo, sapeva che io ero il suo compagno, il suo posto sicuro. Dovevo essere cauto e gentile nel nutrire l'inizio del nostro legame.

Anche se non era più ferita, i suoi occhi erano pieni d'ansia. Il suo sguardo sfrecciava in giro per la stanza con un'energia nervosa; si leccava le labbra e mi fissava, insicura di cosa stessi per fare. Era un buon segno che si avvinghiasse a me; ma sapevo anche che lei, ora, si credeva intoccabile. Aspettava che la custode ritornasse con la fotocamera.

"Sta' ferma, Jessica."

Interpretai il suo silenzio come un assenso. Mi avvicinai al lavandino all'altro lato della stanza. Ero contento. Riempii una strana ciotola con una acqua calda e sapone e presi un morbido panno grigio da uno degli armadietti.

La bacchetta ReGen aveva curato le ferite più gravi, ma non potevo sopportare di vedere così tanto sangue che le sporcava la pelle.

Ritornai al tavolo e immersi l'asciugamano nell'acqua.

"Lo so che ti senti sopraffatta. Sono successe così tante cose nel giro di un'ora. È una cosa difficile da processare. Per adesso devi quantomeno percepire che non rappresento una minaccia. Sei al sicuro con me. Non lascerò che nessuno ti tocchi, e men che mai che ti facciano del male. Mi permetti di curarti?"

Mi guardò. I suoi occhi vagabondarono sul mio volto soffermandosi sul luccichio argenteo della mia pelle; i suoi occhi balzarono dal mio occhio dorato a quello argentato, e poi si soffermarono sulla mia bocca. Come si accorse che il suo sguardo indugiava lì, spostò la sua attenzione, e i suoi occhi pieni di colpa incrociarono i miei, dapprima con curiosità, e poi con considerazione e, infine, decisione.

Annuì. La aiutai a mettersi seduta. Il tavolo era ricoperto di sangue.

Avvicinai uno sgabello al lato del tavolo e poggiai il suo piede sulle mie ginocchia. Cominciai a pulire il sangue che le era fuoriuscito dalla parte inferiore della gamba.

Il mio metodo non era perfetto, ma feci del mio meglio per pulirla, massaggiandola con lentezza e gentilezza. Mi permetteva di offrile l'attenzione e la cura di un compagno.

Le lavai prima il polpaccio e lo stinco, poi la coscia. Il sangue era colato lungo la schiena sulla curva del culo. Mi alzai e Jessica appoggiò la fronte sul mio petto così da permettermi di lavare la spalla e la schiena. Passai l'asciugamano lungo la linea elegante della sua spina dorsale e mi chiesi se il brivido che l'attraversò fu dovuto all'acqua raffreddata che evaporava, o se fosse stato il mio tocco a causarlo.

La Custode Egara rientrò con la fotocamera nel momento esatto in cui avvolsi la mia compagna con una coperta asciutta, la sollevai tra le braccia e mi sedetti sull'unica sedia di tutta la stanza. Jessica sedeva in grembo a me. In confronto alla Custode, Jessica non era una piccola donna della Terra. Era morbida e formosa e calda e perfetta. Non era fine come la custode, e ne ero grato. Non desideravo scoparla con gentilezza, e sapevo che lei non era di questo che aveva bisogno. Altrimenti, non ci avrebbero abbinati.

Per fortuna Jessica continuava ad essere compiacente, il che fu più rivelatorio di ogni altra cosa, e mi fece capire quanto si sentisse vulnerabile. Guarita, certo, ma pur sempre fragile. La bacchetta ReGen non le aveva restituito l'energia che aveva speso. Solo il tempo e il riposo l'avrebbero fatto, così come le avrebbero dimostrato che si poteva fidare di me, che con me sarebbe stata al sicuro. Avevo visto il fuoco nei suoi occhi quando lo Sciame la stava inseguendo, e sapevo che questo gattino silenzioso che avevo tra le braccia non era così di solito.

La mia compagna sollevò la testa, mentre la custode rientrava e posava la fotocamera sul bancone.

"Grazie." Si rilassò, sciogliendosi nel mio abbraccio, e il cazzo mi si indurì di nuovo, mentre il suo calore si plasmava dentro di me. Sospirò, quindi disse alla custode: "Hai un computer? Devo scaricare le foto che ho scattato oggi e inviarle alla polizia."

Lo sguardo curioso della custode mi aiutò a tenere la bocca chiusa. Chiese quello che anche io volevo sapere: "Che fotografie?"

Con la testa poggiata sulla mia spalla, Jessica rispose: "Oggi pomeriggio ho sorvegliato il Cafè Solar."

"Oh, mio Dio. Ma sei pazza?" La custode, con il fianco appoggiato contro il bancone, balzò all'attenti e Jessica si irrigidì tra le mie braccia. Una reazione di cui non mi preoccupai per niente.

"Molto probabile."

Guardai la custode; non mi aspettavo una risposta dalla mia compagna. "Che cos'è il Cafè Solar?"

La custode contrasse le labbra formando una strana linea, guardando prima Jessica e poi me come se stesse cercando di prendere una decisione capitale. "Dimmelo. Adesso," dissi, usando la voce più imperiosa che avevo.

Jessica sollevò un braccio nudo da sotto la coperta e fece un gesto come per salvare la custode dalla mia ira. Si sbagliava. La rabbia che sentivo dentro di me era diretta soltanto alla mia compagna, perché sospettavo che avesse messo la sua vita in pericolo. Le sue parole confermarono i miei sospetti.

"È il covo principale di un cartello della droga."

"*Del* cartello della droga. Gestiscono l'intera zona

nordest del paese. Da quel ristorante." La custode Egara incrociò le braccia. "Tu *sei* pazza. Non sono quelli che ti hanno incastrata? Ti uccidono a vista."

La minaccia verso la mia compagna mi rimbombò dentro con un flebile ringhio che Jessica ignorò. Parlò direttamente alla custode.

"Come fai a sapere che mi hanno incastrata?" chiese. "Non te l'ho mai detto."

La custode sollevò un sopracciglio. "Per favore. Io mi occupo di criminali ogni giorno. Conosco la differenza tra l'innocenza e la colpa, e conosco la tua storia. Non è stato difficile fare due più due."

"Grazie."

Sentii l'odore delle sue lacrime.

"Perché piangi? Senti dolore?" la guardai e vidi la sua faccia acquosa.

"No. È che... nessun altro mi ha creduto."

La custode scosse la testa. "Di questo non ne sarei così sicura, Jess. Ma cosa potevano fare?"

"Niente." Jessica si asciugò gli occhi con il bordo della coperta ed ecco che la donna forte e coraggiosa era tornata. "Ed è per questo che ho dovuto scaricare quelle fotografie e mandarle ai poliziotti e ai miei amici giornalisti prima che il corpo di Clyde venisse ritrovato."

La custode aprì uno scompartimento nel muro e diede un tablet alla mia compagna. "Questo va bene?"

Jessica si illuminò vedendo il dispositivo. Lo esaminò e disse: "Sì. Grazie."

"Chi è Clyde?" chiesi.

Jessica sbuffò. "Clyde Tucker. La casa da cui stavo scappando era la sua. Quando mi hai trovata. Quando lo Sciame mi ha trovato. Era anche il sindaco, il capo del governo di questa città. Loro... gli spacciatori di droga, lo avevano corrotto."

"Il sindaco Tucker? Quello stronzo. Ho votato per lui." La sguardo della Custode Egara sarebbe stato in grado di uccidere un guerriero Prillon. Inclinai la testa di fronte al suo bel caratterino e le dissi: "Saresti proprio una bella compagna per un guerriero Prillon. Dovresti iscriverti al programma."

La custode Egara si morse il labbro e distorse lo sguardo. Poi Jessica le parlò. La sua voce era smozzicata, e provò a staccarsi dal mio petto. La strinsi ancora più forte. Poteva fare tutto quello che voleva stando lì dov'era, qui sul mio grembo. Non aveva bisogno di essere gelosa per il commento. Non provavo nessun desiderio per la custode Egara. L'unica compagna che desideravo era tra le mie braccia, e non avevo intenzione di lasciarla andare.

Jessica mi schiaffeggiò la mano poggiata sul fianco e parlò alla custode. "Puoi darmi la mia fotocamera, per favore?"

"Ma certo."

Una volta che Jessica ebbe la sua fotocamera, tirò fuori due cavi da uno scomparto sul retro della fotocamera che non avevo notato prima e li connesse al tablet. Chiese la password del Wi-Fi alla custode e tutta concentrata si diede da fare. Decine di fotografie lampeggiarono sullo schermo, mentre le scaricava e le categorizzava, inviava messaggi e faceva tutto quello che doveva fare. Non riconobbi nessuna di quelle persone e nessuno di quei luoghi, né pensavo di poterlo fare. Non mi importava di quelle foto, non saremmo rimasti a lungo sulla Terra. Finché Jessica era al sicuro, io non avevo nessun problema con i terrestri. L'unico maschio umano che aveva provato a farle del male era morto, morto per mano dello Sciame.

Della minaccia dello Sciame ci occupavamo io e il mio secondo, e non era la prima volta. Ero grato che il comandante Deston e Dare mi avessero consigliato di prendere un secondo, grato che Ander si fosse fatto avanti. Aveva dimostrato di essere più che degno, e la nostra compagna si trovava più in pericolo di quanto non avessimo creduto.

Lo Sciame aveva ucciso questo sindaco Clyde, ed era la prima volta che le loro azioni mi rendevano contento – e certo sarebbe stata anche l'ultima. Non mi sarebbe dispiaciuto uccidere quell'umano. Aveva fatto del male alla mia compagna, l'unica cosa di cui mi importasse.

E quella mia compagna adesso scriveva un messaggio sullo schermo piatto del tablet che la custode le aveva dato. Il mio dispositivo di comunicazione terrestre squillò. Toccai l'auricolare e aspettai lo strano suono dello spazio vuoto.

"Parla."

"Arriverò al centro elaborazioni tra dieci minuti. Come sta la nostra compagna?" L'arrivo di Ander era un'ottima notizia. Prima arrivava, prima potevano andarcene da questo pianeta e portare la nostra compagna al sicuro.

"Era ferita, ma si rimetterà presto. Hai trovato la nave dello Sciame?"

"Sì. Anche l'ultimo ricognitore è morto. La nave è in rotta di collisione con la stella della Terra."

"Hai distrutto i loro processori, madre?" Parlavo accarezzando la lunga schiena della mia compagna. Si era bloccata e ascoltava la mia conversazione con il mio secondo.

"Con enorme piacere."

Ridacchiai. Per raggiungere i loro processori, madre, doveva dilaniare a metà i loro corpi. Le unità speciali erano di solito collocate lungo la spina dorsale del cyborg, proprio dietro al cuore.

"Perché si trovavano qui?"

"I loro ordini erano semplici. Dovevano trovare Jessica."

Una furia sciocata e protettiva mi montò dentro bruciandomi il petto. "Come è possibile?" ringhiai.

"Perché è tua. Il loro obiettivo principale era quello di attirarti dentro una trappola così da riportarti a bordo della loro nave e continuare con i loro impianti."

"Morirò prima che questo accada." Quelle macchine non mi avrebbero toccato mai più. Non mi sarei unito alla mente dello Sciame, non sarei diventato uno di loro, non avrei ucciso e distrutto il mio stesso popolo.

"Penso che ora questo lo sappiano anche loro. Ecco perché stavano cercando lei."

Quindi i leader dello Sciame erano più diabolici di quanto non pensassi. Non mi sarei mai arreso. Li avrei costretti a uccidermi piuttosto che farmi catturare vivo. Ma la donna tra le mie braccia? La mia compagna?

Avevo a malapena assaporato il suo bacio e sapevo che avrei fatto qualunque cosa, avrei sacrificato tutto pur di proteggerla. Era chiaro che lo Sciame questo lo sapeva, e che lei ora era un peso per me. Almeno era questo che lo Sciame credeva. Quello che loro non sapevano era che una compagna Prillon *non era mai* un peso, e che loro non avrebbero avuto a che fare con un unico guerriero Prillon, ma con due.

Fossi venuto da solo, Jessica sarebbe stata estremamente in pericolo. Non avrei corso altri rischi con la sua vita. Quello del secondo era un ruolo sacro e necessario. Non avrei mai più messo in dubbio la sua utilità.

"Ritorna qui immediatamente. Non è al sicuro sulla Terra."

"D'accordo. Dieci minuti."

Ander si disconnesse e io guardai la custode Egara. Si stava avviando verso la porta. Anche se non aveva sentito la risposta di Ander, le era bastato guardarmi in faccia per capire e andare ad aprire la porta.

"Lo lascio entrare."

"Te ne sono grato."

Non appena la custode uscì, Jessica tornò a concentrarsi su quello che stava facendo. Due minuti dopo sospirò e si allungò su di me per appoggiare il tablet e la fotocamera sul bacone vicino a noi. I suoi compiti sulla Terra erano importanti per lei, ma erano solo temporanei, perché, una volta riportati sulla corazzata Deston, niente l'avrebbe seguita. Questi omuncoli e i loro crimini sarebbero stati soltanto un ricordo, un brutto ricordo che non l'avrebbe mai più toccata. Chiudere i conti col passato l'avrebbe aiutata ad abituarsi alla nuova vita. Era importante per lei sapere che aveva adempito ai suoi compiti qui sulla Terra prima di lasciarla e diventare mia.

"Hai finito, compagna?" Continuavo a massaggiarla attraverso la coperta, contento che mi permettesse di stringerla a me. Per ora. Presto avrei fatto ben altro. Presto mi sarei accertato che gli agenti chimici del mio seme l'avessero toccata ancora di più. Mi piaceva come si fidava silenziosa del mio tocco, come lo accettava; ma volevo sentire ancora una volta il suo fuoco. Avevo bisogno di legarla a me in ogni modo possibile. Avevo bisogno che la connessione tra di noi fosse indistruttibile, frenetica. Avevo bisogno della sua figa vuota e bagnata, che smaniava per il mio cazzo. Volevo che lei smaniasse per me.

"Sì. E spero che quei figli di puttana marciscano in prigione."

Le misi una mano sotto al mento e le sollevai il volto così da poterla guardare negli occhi. Così tanta passione, così tanto fuoco. Avevo semplicemente bisogno di reindirizzare tutto quel potere e quell'energia verso di me. La tentazione di spalmarla con il mio seme era quasi impossibile da resistere.

"Che brutte parole escono da una bocca così bella." Guardai le sue labbra, erano piene e soffici, e sentii il cuore che le batteva forte. Si leccò le labbra e io spostai di nuovo lo sguardo sui suoi occhi. Li guardai in profondità, provando a comprendere la misteriosa combinazione di forza e fragilità, fuoco e tenerezza che era la mia compagna.

"Perché siete qui? Qual è il vero motivo?" mi chiese. Era come se io fossi un puzzle da ricomporre e lei non riuscisse a credere alla verità.

"Sono venuto per te."

"Non ha senso. Vieni qui, sulla Terra, solo per me?"

"Sì."

"Se è così, allora sei pazzo. Io non sono nessuno, solo un altro pezzo di figa. Ce ne sono a miliardi nella galassia."

Scossi la testa. "Tu sei unica e insostituibile, l'unica donna nell'universo giusta per me." Le contornai il labbro inferiore con il pollice e mi ricordai del sapore che aveva. "Lo hai sentito anche tu, quando la mia essenza ha toccato la tua pelle. La tua reazione all'essenza del mio seme è un segno del nostro legame, la prova della forte connessione che c'è tra di noi. E se preferisci credere alla tecnologia piuttosto che a una selvaggia alchimia animale, allora chiedi alla custode Egara a quanto ammonta la percentuale di successo del programma. E, qualunque cosa tu voglia credere, sappi questo: io sono il tuo compagno, e tu sei la mia compagna. Verrò sempre per te. Ti proteggerò sempre. Ti desidererò sempre. E così anche Ander, il tuo secondo."

Si accigliò. "Che secondo?"

"In quanto tuo compagno primario, è mio diritto scegliere un secondo guerriero per amarti e proteggerti.

Ander è feroce, il più forte guerriero che io abbia mai visto. Solo lui era degno di diventare il tuo secondo."

"Secondo compagno? Vuoi dire –" Spalancò la bocca. Le parole si bloccarono a metà, quando la verità la colpì in pieno. Mi guardò. Si rifiutava di crederci. "Vuoi dire che quello che ho visto in sogno era vero e –"

Strinsi la presa e la avvicinai a me. Le tracciai col pollice l'interno del labbro ed esplorai i bordi bagnati della sua bocca. "Tu hai due compagni, Jessica. Tutte le spose Prillon vengono onorate con questo regalo: due forti guerrieri che si prenderanno cura di te e ti proteggeranno."

"Perché?"

Le baciai la fronte. Non potevo resistere. "Siamo guerrieri. Siamo i più forti tra tutti i pianeti membri della coalizione. Siamo sempre in prima linea nella guerra con lo Sciame. Combattiamo. Moriamo. Non è nostra usanza lasciare la nostra compagna senza alcuna protezione."

"E quindi? Mi scopate a turno? Pensavo che il sogno fosse solo una simulazione, un modo per farmi eccitare, così che il programma potesse misurare le risposte del mio corpo... qualcosa del genere."

Le baciai la tempia. Non si scostò. "No, mia sposa." Le baciai la guancia. "Il tuo sogno era reale, ma era di un'altra compagna Prillon e dei suoi uomini. Mi fa piacere sapere che ti ha eccitata. Ha eccitato anche me."

"Ma –"

"Ti prenderemo insieme, il tuo corpo verrà riempito da due cazzi duri, e quattro mani sulla tua pelle si prenderanno cura del tuo piacere."

"Oh cazzo, ma dici sul serio."

Sussultò, ma riuscivo a sentire l'odore della sua eccitazione che riempiva la stanza. Si svegliò all'idea di essere presa da due forti guerrieri. L'avremmo assaporata con due bocche, riempita con due cazzi, adorata con quattro mani. Ogni centimetro del suo corpo sarebbe stato esplorato e assaporato.

L'idea di infilarmi tre le sue cosce, di mettere un bambino nella sua pancia mentre Ander la prendeva da dietro, me lo fece diventare duro ancora una volta e così presi l'unica parte di lei che potevo dominare, per ora. La sua bocca.

Le bloccai la testa e le serrai le labbra con un bacio che avevo bramato sin dal primo istante in cui l'avevo assaporata. Non la stuzzicai, non persi tempo ad invogliarla; mi presi quello che volevo. E volevo che lei mi rispondesse. Il mio desiderio non era né timido né gentile, era una bestia dentro di me che ruggiva per essere liberata.

Mi tuffai nella sua bocca, un conquistatore che rivendicava ciò che era suo. La coperta le scivolò dalle spalle e svelò il suo corpo. Le afferrai la nuca con la mano, il mio pugno intrecciato nei suoi capelli. La bloccai là dove avevo bisogno che fosse, la sua bocca sotto la mia, l'angolo perfetto per dominarla. Con l'altra mano esplorai la sua carne, tracciai la curva della sua coscia, su per il fianco, il girovita, su fino ad afferrarle il seno morbido avvolto da quello strano indumento rosa. Morivo dalla voglia di strapparglielo via e di mettermi in bocca il suo capezzolo turgido.

Gemette con dolcezza e io continuai a baciarla. Sentii il mio secondo entrare nella stanza e osservarci. Il flebile sussulto della custode Egara fu seguito dal flebile rumore delle sue scarpe che camminavano per il corridoio. La mia compagna, tremante e completamente perduta nel piacere che le procuravo, non si accorse nemmeno che la custode uscì chiudendosi la porta alle spalle per darci quello di cui avevamo bisogno.

Un po' di privacy.

Ander si avvicinò lentamente. Aprii gli occhi, gli feci un cenno col capo senza smettere di baciare Jessica.

Voleva unirsi a noi, toccare la nostra compagna, insegnarle cosa volesse dire essere una sposa Prillon. Mentre viaggiavamo sul veicolo della custode, avevo detto a Jessica che avrei presto continuato con la mia lezione, e questo era il momento adatto.

Ander si inginocchiò accanto a noi. Il suo sguardo si soffermò sulle perfette curve femminili della nostra compagna. Fece un respiro profondo, godendo del dolce profumo della sua figa bagnata.

Il suo viso era attento. Si mosse per mettersi in ginocchio tra le sue gambe, mentre era seduta di traverso sulle mie ginocchia. Sapevo cosa voleva, e l'avrei aiutato a ottenerlo.

Chiusi gli occhi. La dolce resa della nostra compagna mi inebriava. Sollevò le braccia e me le avvolse attorno al collo.

8

A nder

LA NOSTRA COMPAGNA ERA BELLISSIMA. I suoi capelli dorati cadevano come pallidi raggi di sole sul braccio di Nial. Il suo corpo era magro e forte, la sua pelle pallida brillava quasi accanto al colore nero dei vestiti d Nial, come una luna perfetta in un cielo tenebroso. Le sue labbra si muovevano sotto quelle di Nial con un abbandono appassionato che mi fece diventare il cazzo grosso e duro. Era come un fuoco bianco tra le sue braccia, i suoi seni pesanti ricoperti da un piccolo indumento rosa che volevo strappare. Le sue mani erano attorno al collo di Nial, toccavano il colorito da cyborg della sua carne, e si stringevano a pugno, piene di desiderio, mentre un soffice suono di bisogno femminile riempiva la piccola stanza.

Avevo il cazzo duro come la pietra. Lasciai che il mio sguardo vagabondasse lungo le sue gambe lisce fino al suo nucleo bagnato. Riuscivo a sentire l'odore della sua eccitazione, la dolcezza che mi richiamava come una sirena. Non c'era motivo di resisterle.

Non vedevo l'ora di assaporare la sua figa, di seppellire la mia lingua in profondità, ma sapevo che, se mi fossi mosso troppo velocemente, avrei potuto rovinare il momento. Adesso lei accettava il tocco di Nial e il suo bacio. Sentivo che se non l'avessi toccata presto sarei esploso, ma non volevo spaventarla. La mia stanza e il mio aspetto bastavano e avanzavano; certo, non c'era bisogno dei miei aggressivi bisogni sessuali che la spingevano troppo forte e troppo in fretta.

Ero un uomo paziente. Potevo pedinare un obiettivo per un giorno senza mangiare né dormire. Potevo aspettare qualche minuto prima di assaporare la bellissima donna che sarebbe stata mia per sempre. *La mia compagna.*

Il suo corpo giaceva sulle ginocchia di Nial come un'offerta per gli dei, soffice e liscia. Non era piccola come la compagna del comandante Deston, e ne ero felice. Era grande abbastanza per poterci prendere entrambi, grande abbastanza per prendere me.

Mi ero offerto come secondo compagno per due volte in passato ma, a causa del mio aspetto feroce, gli altri guerrieri avevano temuto che le loro compagne mi avrebbero rifiutato solo guardandomi.

E ora, essere qui, in ginocchio di fronte alla mia compagna, era come un sogno, una fantasia che non poteva certo esser vera. Che lei lo aveva accettato nonostante la sua carne da cyborg, che lo baciava con tale trasporto, mi faceva ben sperare. Avrebbe accettato anche me.

Nial era danneggiato, come me. Era stato sfregiato dalla pelle d'argento e dall'occhio d'argento dei cyborg, eppure lei lo aveva accettato, aveva lasciato che lo toccasse. Lei provava desiderio per un guerriero sfregiato dalla guerra.

Lei non era una fantasia, ma era fatta di carne e sangue. Potevo sentire il profumo mielato del suo nucleo umido, la dolcezza della sua pelle. Volevo affondare la lingua nel suo calore cremoso e farla urlare di piacere. Forse, se le avessi dato piacere prima ancora di farle vedere la mia faccia, sarebbe riuscita a vedere oltre le cicatrici, a non provare orrore nel guardarmi. Di colpo fui contento di essermi dato una pulita sulla nave dei cyborg prima di mandarla a schiantarsi contro la stella della Terra. Avevo promesso alla mia compagna che i suoi nemici sarebbero morti, ma ora ringraziavo quell'istinto che mi aveva costretto a venire qui senza una goccia di sangue addosso.

Era troppo bella, troppo preziosa per essere toccata da tanta violenza.

Guardai Nial che le dava piacere, le sue mani attorno ai suoi seni, i fianchi, le cosce. Mosse le mani su e giù lungo le cosce, tirando via la coperta che la copriva. Notai una grossa cicatrice sulla sua coscia e la contemplai, ma subito quel pensiero mi volò via dalla mente non appena il tocco gentile di Nial scivolò lungo il piccolo pezzo di stoffa che le ricopriva la figa. Si soffermò lì, premette il pollice sulla stoffa, le massaggiò il clitoride, e poi affondò le dita tanto quanto gli permetteva di fare la stoffa, e poi su, di nuovo, a massaggiare il suo punto più sensibile.

Lei emise un gemito dentro la sua bocca, i fianchi inclinati per premere più forte contro il suo tocco, le sue labbra avvinghiate a quelle di Nial, la sua lingua che si muoveva tra i loro ed esplorava la sua bocca.

Lo rivendicava come suo.

Mi si riempì la testa di lussuria, di bisogno, e il cazzo mi si ingrossò fino a farmi male. Anche io volevo la sua lingua dentro la mia bocca. Volevo che gemesse e si agitasse e urlasse, mentre le davo piacere. Volevo che sapesse che ero *io* a toccarla, ad assaporare la sua figa. Volevo che quella consapevolezza la incendiasse.

La sua reazione al tocco di Nial era il segnale di cui avevamo bisogno. Nial le strappò il piccolo pezzo di stoffa e lei gridò scioccata e staccò la bocca dal bacio del suo compagno.

Nial le afferrò la testa con entrambe le mani impendendole di guardarsi, di vedere me, prima che fossimo pronti. I loro sguardi si bloccarono l'uno nell'altro, e Nial le sussurrò le sue richieste. La guardai, mentre i suoi seni coperti si innalzavano e ricadevano con respiri pesanti, e i capezzoli duri erano contornati dal sottile materiale. "Permettici di toccarti."

Abbassai lo sguardo e intravidi la sua figa bagnata, rosa e in bella mostra a solo pochi centimetri dalla mia bocca. Pregavo dicesse di sì. Non vedevo l'ora di assaporarla, di succhiare il suo clitoride e di scoparla con le dita e la lingua. Di farla venire su di me.

"Nial? Non posso." Si lecco le labbra. Erano gonfie. "Non dovremmo farlo. Io... non ti conosco e... e io..." Chiuse gli occhi per un istante. "È... è troppo."

Le sue parole erano come un coltello nel cuore, ma Nial non sembrò turbato.

"Shh. Sarà sempre così tra di noi. Non temere il potere del legame che c'è tra un guerriero e la sua sposa. Non temere il piacere che ti daremo. Lasciati andare, Jessica, con me sei al sicuro. Prometto che ci sarò sempre per te. E così anche Ander. Non avere paura che qualcun altro prenda il comando. Lasciati andare e permettici di darti piacere. Permettici di toccarti." La baciò sulla bocca con dolcezza, con una gentilezza a me estranea, ed ero grato della saggezza divina che affidava alle nostre donne due maschi per darle piacere e proteggerla. Io potevo scoparla. Potevo uccidere per lei. Non potevo essere come Nial. Dolce, gentile. Non potevo toccarla senza divorare la sua carne. Avevo bisogno di possederla, conquistarla, di dominare il suo piacere.

Avevo bisogno di farla implorare.

La mano di Nial le scivolò lungo il collo, sopra i seni, e poi più in basso. Il respiro di Jessica si fece ansimante, mentre la mano di Nial continuava a scendere lungo il suo addome. Si fermò a pochi centimetri dal suo nucleo. Si guardavano negli occhi. La stuzzicò con quello che sarebbe potuto accadere.

"Di' di sì, Jessica." La bacio una volta, due. "Lasciati andare e di' di sì."

Vidi le sue dita affondare nella spalla di Nial, forse un breve sollievo bisognoso o una breve esplosione di accettazione. Lottava contro sé stessa, non contro Nial, mentre cercava di prendere una decisione.

"Sì."

Nial la ricompensò. Fece scivolare la mano in mezzo alle sue cosce separate e infilò due dita in profondità, mentre riprendeva il controllo della sua bocca.

Sgroppò contro la sua mano, i suoi flebili gemiti bisognosi erano musica per le mie orecchie. Nial tirò fuori le dita ed erano ricoperte dai suoi umori. Allontanò la mano dal suo corpo e fece spazio per me, per lasciarmi prendere il suo posto.

Con lentezza e riverenza, toccai la nostra compagna per la prima volta, mettendo le mie dita là dove fino a un momento prima c'erano quelle di Nial. La sua figa si contrasse attorno alle mie dita, il suo nucleo caldo, bagnato, mi circondava accogliendomi.

La scopai lentamente, muovendo le dita dentro e fuori dal suo corpo con un movimento armonioso. Volevo darle piacere, ma non volevo farla venire. Volevo che smaniasse per la mia lingua sul suo clitoride. Volevo che mi implorasse di assaporarla.

La stuzzicai con dolcezza, esplorando il suo clitoride con il pollice, mentre continuavo a scoparla con le dita. Ma non le concessi la pressione che voleva. Gemette per protesta, sollevando i fianchi contro il mio tocco, la bocca aperta, accogliendo la lingua di Nial mentre non le lasciava tempo per pensare o sentire. Le teneva la testa ferma, una mano sepolta nei suoi capelli alla base del collo. Il modo in cui la controllava mi eccitò ancora di più. Le avremmo dato esattamente quello che voleva, e lei ce lo avrebbe permesso. Si sarebbe sottomessa.

Nial abbassò la mano libera verso lo strano indumento che le ricopriva i seni. Lo guardai, affascinato, mentre un innesto cyborg emergeva dalla punta del suo dito indice. Era un rasoio affilato che tagliò la stoffa in meno di un secondo, per poi ritrarsi e scomparire. L'indumento si aprì a metà e scoprì dei seni tonici, pesanti, e due capezzoli rosa pallido. La nostra compagna sussultò. Tolse una mano dal collo di Nial e l'abbassò cercando di coprirsi.

Nial le afferrò il polso e se lo rimise attorno al collo. Si arrese e affondò le dita nei suoi capelli, mentre la mano di Nial afferrava uno dei suoi globi, giocherellando e tirando uno dei suoi capezzoli già duri.

Cominciai a scoparla un po' più velocemente, a esplorare il tetto del suo nucleo, alla ricerca di quel punto sensibile che tutte le donne umane avevano, un mitico punto G che dava loro tantissimo piacere. Così avevo letto. Le sue pareti interne erano appiccicose, umide, calde, e si contrassero attorno alle mie dita quando lo trovai...

"Oh Dio."

Jessica strappò via la bocca da quella di Nial e guardò in

basso. Si bloccò quando mi vide in ginocchio tra le sue gambe, le mie dita completamente sepolte nella sua figa e la mano di Nial sul suo seno.

"Oh mio Dio."

Provò a chiudere le gambe, ma le mie spalle la costringevano a tenerle spalancate. Sostenni il suo sguardo e, con lentezza, tirai fuori le mie dita, e poi le rinfilai di nuovo fino in fondo, massaggiando il punto dentro di lei che sapevo l'avrebbe fatta impazzire.

"Ciao, compagna."

La scopai di nuovo, un po' più forte, guardando i suoi occhi che si spalancavano, mentre Nial le strizzava i capezzoli e le mordeva l'orecchio con un po' di gentilezza in meno. E io la scopavo con le mie dita, contento che non fosse vergine. Non mi andava di essere gentile. Non *potevo* essere gentile.

Non mi rifiutò, ma non mi accolse nemmeno. Il suo corpo era sempre rigido. Rallentai, abbassai le labbra e le baciai il clitoride rigonfio, leccandolo velocemente con la lingua. Inalai il suo profumo di donna. Così matura, eccitante, perfetta. Le baciai la coscia cremosa, e poi l'altra.

Lei tremò e si voltò per guardare Nial negli occhi. "Così non va bene. Che cosa – voglio dire –" Jessica scosse la testa, ma la sua figa si contrasse attorno alle mie dita esigendo qualcosa di più dei soffici baci che le stavo dando. "Non capisco. Non posso sentirmi così con due uomini..." Strinse le cosce, provando a chiuderle di nuovo. "Non vi conosco e... oh, Dio, non dovrei farlo."

Sorrisi con la bocca premuta contro la sua figa e bagnai il suo clitoride gustandomi tutte le reazioni del suo corpo. Sapevo che le piaceva, e non grazie alle sue parole esitanti, ma dal modo in cui la sua figa mi gocciolava sulla mano.

"Ander è il tuo secondo. Ti proteggerà e si prenderà cura

di te, così come faccio io. Assieme, ti daremo soltanto piacere. Su Prillon tutto questa è la cosa più naturale del mondo. I tuoi compagni ti ameranno e ti daranno piacere, Jessica. È il tuo diritto di sposa." Abbassò le sue labbra su quelle di Jessica e le tracciò con la lingua. Io abbassai la testa e tracciai i bordi del suo clitoride con le mie. "Vuoi che ci fermiamo?"

Nial aspettava una risposta, e nel frattempo io le succhiavo il clitoride e le leccavo la carne sensibile con la punta della lingua. Succhiai più forte facendola gemere, incurvai il dito per massaggiarla dentro, in un modo che sapevo che le piaceva. Dal modo in cui rispondeva, i miei tentativi avevano dato i loro frutti.

"No. Non fermatevi." Mi avvolse la testa con le gambe, bloccandomi, e io ringhiai contento. Le vibrazioni la fecero tremare, premette la figa contro di me e provò a farmi succhiare più forte. "Non fermatevi."

La sua richiesta mi fece venire una voglia matta di legarla e insegnarle cosa voleva dire provare a dare degli ordini, ma non mi ero guadagnato quel diritto, non ancora.

Prima, dovevo dimostrare di essere degno. Prima dovevo guadagnarmi la sua fiducia con le mie dita e la mia bocca. Poi avrei posseduto il suo piacere. Poi l'avrei fatta implorare.

Cominciai a succhiare con foga, spingendola al limite, ancora e ancora, e continuavo sempre a scoparla con le dita, prima veloce, senza andare fino fondo; poi lentamente. Nial la abbassò, la sua testa penzolava oltre il suo braccio. Avvolse la sua bocca attorno ai suoi capezzoli, prima uno e poi l'altro, la mano tra i capelli continuava a tenerla ferma. Non poteva fuggire i bisogni che le provocavamo.

Nial si mosse e si afferrò il cazzo con la mano libera. Io mi calai i pantaloni e afferrai il mio. Cominciai a toccarmi con una furia spietata, continuando a succhiare l'essenza della mia compagna, ascoltando i suoi soffici gemiti di piacere. Avevamo bisogno di spalmare il nostro seme su di lei. Il profumo bastava a innescare la connessione tra di noi, a far montare dentro di lei il desiderio per i suoi compagni. E averlo sulla sua pelle...

Eravamo sulla Terra, non sul nostro pianeta natale, dove il potere psichico dei collari ci avrebbe aiutato nella nostra rivendicazione. Avevamo bisogno di legarla a noi il più possibile, il prima possibile. Gli agenti chimici nel nostro seme l'avrebbero legata a noi fino a quando non le avremmo messo il collare attorno alla gola.

Volevo venirle addosso. Tenevo il cazzo saldo nella mia mano, ma non era necessaria alcuna forza extra. Il suo sapore nella mia bocca bastava a spingermi velocemente, a farmi perdere il controllo.

Le mie dita erano sempre sepolte dentro la sua figa. Mi misi in piedi vicino a lei, Nial si tirò il cazzo fuori dai pantaloni e lo poggiò sul soffice stomaco di Jessica. Io le massaggiavo il clitoride con il pollice e la guardai in faccia, mentre dal mio cazzo sgorgava una crema densa che le colò sull'interno coscia, sul fianco, sullo stomaco. Nial le succhiava i capezzoli e ringhiò venendole su tutta la pancia. Con la mano libera le spalmò la sua essenza sulla carne cremosa.

Lasciai ricadere il mio cazzo, esausto, e feci la stessa cosa. Le spalmai il mio sperma caldo sulla pelle e guardai il suo corpo che lo assorbiva come una spugna. Ero intrigato, non riuscivo a distogliere lo sguardo dal suo volto, mentre lei inarcava il collo, gettava la testa all'indietro e apriva la bocca emettendo un urlo privo di suono.

La sua figa si contrasse attorno alle mie dita. Si infranse tra le braccia di Nial, gli agenti chimici nel nostro seme la spinsero verso un intensissimo orgasmo.

La guardavo senza sbattere le palpebre, ipnotizzato dal

misto di agonia e gioia sul suo volto. Sapevo che quell'immagine di piacere non mi avrebbe mai abbandonato la mente. Non avrei mai dimenticato questo momento perfetto.

Mi lasciai cadere in ginocchio e le succhiai ancora una volta il clitoride, facendola venire e facendola strillare, soffici grida che scemarono fino a divenire dei gemiti. Noi ci comportavamo come gli avidi compagni Prillon che eravamo, usando le nostre mani e le nostre bocche per spingerla oltre il limite, ancora e ancora. Prendemmo tutto quello che aveva, fino a quando non rimase nulla. Fino a quando non giacque inerme, completamente esausta. Solo allora Nial la avvolse con la coperta e si alzò in piedi. Mi asciugai la sua essenza salata e aspra dalle labbra e dal mento e mi alzai anche io per seguire Nial che portava la nostra compagna nella camera di trasporto.

La custode Egara era lì ad aspettarci. Arrossì quando entrammo, e subito si diede da fare con la strumentazione che aveva davanti.

"Riportaci sulla corazzata del comandante Deston," disse Nial.

"Mi spiace, non posso", disse la custode. "Il Prime nega ogni trasporto al di là della seconda zona."

Scossi la testa e guardai Nial. La nostra compagna dormiva nuda tra le sue braccia. La testa di Jessica era infilata sotto il suo mento; era completamente rilassata in braccio a lui, si fidava di noi, che ci saremmo presi cura di lei. Il cuore mi si riempì di orgoglio sapendo che avevo contribuito a deporre quel languore felice e sottomesso dentro di lei. Non era più pallida, un rossore eccitato indugiava sulle sue guance, e il suo sguardo ondeggiava senza preoccupazioni né cura: si sentiva totalmente al sicuro.

"Quindi, l'unico pianeta che possiamo raggiungere è la Colonia."

Nial era furioso. Io mi sentivo allo stesso modo. Per colpa del Prime, adesso era impossibile riportare la nostra compagna a casa. Portarla sulla Colonia sarebbe stato pericoloso. L'intero pianeta era popolato da guerrieri contaminati, quelli che lo Sciame aveva catturato e *alterato*. Quelli come Nial. Quegli uomini erano dei reietti, catturati, torturati, e poi rifiutati dalla loro stessa gente, abbandonati a vivere il resto dei loro giorni senza compagne, e su un altro pianeta.

Guardai la nostra compagna. Il suo viso bellissimo, le sue soffici curve. Sarebbe stata l'unica donna su tutto il pianeta. E sapevo, ancora prima che Nial parlasse, cosa aveva intenzione di fare. Era il maschio primario di Jessica, e tutta la responsabilità ricadeva sulle sue spalle.

"Non abbiamo altra scelta, Ander. Lo Sciame le sta dando la caccia. Non possiamo restare sulla Terra. Non è sicuro." Nial mi guardò e io annuii. Ero già pronto a combattere.

"Forse la Colonia non sarà meglio di questo posto." Stavamo portando la nostra compagna in un territorio sconosciuto, senza armi, solo i nostri pugni. Se i guerrieri che erano stati esiliati sulla Colonia erano arrabbiati o vendicativi, o ostili agli stranieri, avremmo presto rimpianto quella decisione.

"Se proprio dobbiamo, possiamo rubare una nave e raggiungere la corazzata Deston da lì." Guardò Jessica, che era addormentata. "Se restiamo qui, il pericolo è di gran lunga maggiore. Non appena scopriranno che la loro nave è stata distrutta, lo Sciame manderà altri ricognitori a darle la caccia. Manderanno più di tre soldati alla volta."

"Concordo." Preferivo affidare la sicurezza della mia

compagna a dei guerrieri Prillon che erano diventati dei reietti, piuttosto che a un'orda infinita di schiavi dello Sciame. Senza ombra di dubbio.

Nial annuì verso la custode Egara. "Mandaci sulla Colonia."

Salimmo sulla piattaforma di trasporto e guardai la bellissima donna bruna che ci aveva aiutato a salvare la nostra compagna, e mi preoccupai sapendo che la lasciavamo qui senza protezione. "Stai attenta una volta che saremo via. Lo Sciame potrebbe rintracciarti."

"Non ho paura di quei bastardi." Aveva un aspetto feroce, pieno di una rabbia che non avevo mai visto prima. La studiai con occhi nuovi, mentre immetteva la nostra destinazione nel pannello di controllo.

"Sei coraggiosa e onorevole. Saresti una sposa eccellente." Conoscevo parecchi guerrieri che sarebbero stati felici con i suoi capelli esotici e i suoi occhi calorosi.

"L'ho già provato. Passo, per questa volta." Il suo sorriso fu l'ultima cosa che vidi, prima di essere investito dall'energia del trasporto.

9

Jessica

STAVO FACENDO il più bello dei sogni. Ero nel mio letto, ed era caldo e comodo. Strofinai la faccia contro il cuscino e sentii salire un odore oscuro, legnoso che mi fece sorridere. Una mano mi massaggiava la pancia nuda disegnando lentamente dei semplici cerchi. Mi sentivo bene, pensai che mi sarei sciolta, e un sospiro felice mi uscì dalle labbra.

"Non comincerò l'esame, se non si sveglia."

Mi irrigidii. Conoscevo quella voce. Era Nial. Ma a rispondere fu uno sconosciuto.

"Capisco, principe, ma ogni ritardo è pericoloso. Gli altri possono sentire il suo odore."

"Ha lo stesso odore che abbiamo Ander ed io. Il nostro seme l'ha toccata."

"Non importa, non basta. Ha l'odore delle femmine prive di compagno, e non indossa nemmeno il collare."

La conversazione era allarmante, non volevo svegliarmi. Non volevo aprire gli occhi, abbandonare quel momento bellissimo. E non volevo avere a che fare con test o sfide. Non volevo svegliarmi e trovarmi di fronte una stanza piena di maschi che provavano a fiutarmi. Chi se ne importava dell'odore che avevo? Per quanto ne sapevo io, avevo l'odore dello shampoo al tè verde e del deodorante alla lavanda, come al solito.

Ma la strana voce continuò: "Sulla Colonia non si è mai vista una femmina priva di compagno, e i guerrieri vogliono avere la loro opportunità di conquistarla."

"Lei è nostra." La voce di Nial rimbombò potente e mi lasciò basita. Spalancai gli occhi. Non ero sul mio letto, ma sulle sue ginocchia. Avevo gli occhi puntati sul suo petto massiccio, una maglietta grigia era tirata sopra i suoi grossi muscoli. Come avevo potuto pensare che questo cuscino fosse morbido? Nial – sapevo che ero sulle ginocchia di Nial, non avevo nemmeno bisogno di guardarlo in faccia: avrei riconosciuto il suo odore fra mille – Nial era duro come la roccia. Dappertutto. Compreso il suo cazzo che mi spingeva contro il fianco.

"È sveglia. La esamineremo e la prepareremo per la cerimonia di accoppiamento, e subito dopo ce ne andremo via dalla Colonia. Dottore, ti garantisco che non indugeremo. Lo Sciame le sta dando la caccia."

Ander. Riconobbi la sua voce all'istante. Era un tipo rumoroso, rude e diretto, e bravissimo ad usare la lingua. Chissà se faceva tutto con la stessa intensità con cui mi si era messo in mezzo alle cosce.

La mano di Nial sulla mia pancia si fermò. La mia pancia era scoperta. Guardai in basso e mi accorsi di essere avvolta in un'altra coperta, questa non color rosso scuro, non noiosamente grigia come quella del centro elaborazione spose.

La mano di Nial si infilò tra le pieghe per toccarmi la pelle. La Custode Egara non c'era. Ma c'era un uomo con un'uniforme grigia che se ne stava in piedi e mi guardava come se fossi un'aliena. Non riconoscevo la stanza in cui mi trovavo. Sbattei le palpebre e mi guardai attorno. Vidi Ander, e capii che non ci trovavamo nel centro elaborazione.

"Dove siamo?" chiesi. Avevo la voce rauca. Mi schiarii la gola.

Nial mi strizzò gentilmente. "Siamo sulla Colonia, quattordici anni luce dalla Terra."

"La Colonia?" chiesi.

"È un pianeta vicino alla Terra. Le forze della Coalizione mandano qui tutti i guerrieri contaminati o non funzionali. Li fanno vivere qui fino alla fine dei loro giorni."

"Che intendi con 'contaminati'?"

Il suo corpo sotto di me si irrigidì sentendomi pronunciare quella parola, e sapevo che in qualche modo gli faceva male. Mi fidai dei miei istinti, mi urlavano di prestare attenzione alla sua risposta.

"I guerrieri che sono stati contaminati. Come me."

Ero confusa. Lo fissai. "A me sembri a posto. Sei malato, o cosa? Con cosa sei stato contaminato? Radiazioni?"

"Dalla tecnologia dello Sciame." Sollevò la mano e si indicò la parte sinistra della faccia, il suo occhio d'argento. "Ma ce n'è di più, mi ricopre la schiena e la gamba."

Mentre Nial parlava, Ander si fece teso e prese a guardarmi con attenzione, come se la mia reazione fosse estremamente importante. Lo guardai per un istante. Era la prima volta che lo vedevo così, senza la sua faccia sepolta dentro la mia figa. Quella era la prima volta che lo vedevo così serio, attento. Per una donna, quel tipo di concentrazione, *lì*, era un'ottima cosa. La figa mi si contrasse ripensando a quanto era bravo.

Notai la cicatrice che *lui* aveva sulla faccia. Era spessa, partiva in cima alla fronte, gli attraversava l'occhio, e poi scendeva giù lungo la guancia fino ad arrivare al collo. Tracciai la linea con gli occhi, immaginandomi un qualche tipo di lama che gli tagliava la carne, e decisi che dopo gli avrei baciato tutta quella cicatrice, l'avrei tracciata con la mia lingua.

La voce di Nial attirò la mia attenzione. Mi voltai per guardarlo, mentre mi spiegava: "Lo Sciame è il nostro nemico, il nemico della Terra. Se un guerriero, non importa da quale pianeta provenga, viene catturato, viene *modificato* per diventare un guerriero dello Sciame. Io sono stato parzialmente modificato prima che mi salvassero. Ma, per il Prillon Prime, mio padre, questo basta per ritenermi contaminato."

Mi strizzò la carne con le dita, poi le rilassò.

"Il mio pianeta mi considera rovinato, un reietto, un indegno di avere una sposa." Distolse lo sguardo, guardando lontano, e io mi accigliai di fronte alla sua vergogna. Continuò: "Ecco perché mio padre ha rifiutato il tuo trasporto, Jessica. La tecnologia dello Sciame che ho sul corpo non potrà mai essere rimossa."

"E quindi?" Con una mano gli toccai la pelle argentata della guancia. Fui scioccata nel sentire quanto morbida fosse quella carne, quanto fosse calda. Ma era parte di lui, punto e basta. "Cosa vorrebbe dire?"

La sua rigidità era innaturale. Riposò lo sguardo sul mio volto. Tra di noi lo straniero aveva smesso di muoversi, come se li avessi scioccati tutti quanti con il mio silenzio. Confusa, mi voltai verso Ander e vidi che il suo sguardo ardeva, era pura lussuria che gli bruciava negli occhi e mi divorava. Incontrai il suo sguardo e tremai, incapace di bloccare l'ondata di calore che mi fece indolenzire il nucleo vuoto. Ricordavo vivamente quello sguardo. Era lo stesso sguardo che aveva, mentre mi succhiava la clitoride e mi faceva strillare. Scossi la testa, provando a scacciare il misto di bisogno e confusione che provavo dentro di me.

"Voi siete tutti pazzi. Io non penso di voler andare su Prillon, non se trattate i vostri veterani in questo modo." Ripensai a tutti i miei compagni nell'esercito che avevano perso un arto, erano stati bruciati dall'esplosione, erano stati colpiti da proiettili, feriti. Erano delle brave persone, uomini e donne, soldati che avevano servito con onore e meritavano di essere trattati con cura e rispetto una volta tornati a casa. Non potevo immaginare come si potesse mandare un veterano menomato a quella che a conti fatti era una prigione, un reietto al quale veniva negata una compagna e una famiglia semplicemente perché una ferita aveva alterato il suo aspetto. "Che problemi avete? Se è così che trattate i vostri veterani, allora dovreste vergognarvi."

"Cos'è un veterano?" Quell'uomo strano mi fece questa domanda e subito distolsi lo sguardo da Ander per rispondergli.

"Tu chi sei?" Volevo saperlo, dal momento che ero seduta mezza nuda nella stanza dove c'era lui, e lui sembrava pensare di avere il diritto di stare qui.

"Sono il dottor Halsen."

Lo guardai da capo a piedi, notando che aveva gli stessi lineamenti duri e il colorito dorato di Nial e Ander. I suoi occhi erano del colore del bourbon con ghiaccio, e la sua uniforme era una strana armatura verde che sembrava più una tuta mimetica adatta nelle foreste che un camice medico. Anche lui era enorme, alto più di due metri. Vabbè. Come avrebbe detto Dorothy, non ero più in Kansas.

"I veterani sono i reduci di guerra. Soldati che hanno combattuto e che poi sono stati congedati."

L'uomo scosse la testa, evidentemente confuso. Sospirai.
Ci provai di nuovo, cercando di farmi capire.

"Guerrieri che hanno combattuto in prima linea. Alcuni
di loro sono stati feriti e tornano a casa con tutti gli onori. Li
chiamiamo veterani, e io sono una di loro." Tirai la coperta
che avevo addosso. Il dottore continuava a scrutarmi con
occhi confusi.

"Come è possibile? Le donne non combattono," rispose.

"Da dove vengo io, le donne ci vanno eccome. Lavo-
rano. Si arruolano nell'esercito e nelle forze di polizia. Non
se ne stanno sedute aspettando che un uomo venga a
salvarle." Lo fissai. Già il modo in cui trattavano i loro
soldati mi dava sui nervi, figuriamoci quell'atteggiamento
misogino. Tutto quel testosterone nella stanza mi faceva
vedere nero. Nessuno di questi alieni si era guadagnato la
mia lealtà o la mia fiducia... beh, nessuno tranne Nial, che
mi aveva salvato dal ricognitore dello Sciame. Va bene,
forse anche Ander, quando aveva ucciso quello stesso ricognitore.

Il dottore fece un passo avanti e io mi strinsi a Nial, fin
troppo conscia di essere nuda sotto la coperta.

"Affascinante. E tu, tu hai combattuto?" chiese il dottore,
ma fu Ander a farsi avanti, ansioso com'era di sentire la mia
risposta.

Annuii. "Sì. Molte volte."

Le braccia di Nial mi strinsero, ma io lo ignorai e
sostenni lo sguardo del dottore. Era evidentemente incre-
dulo, aveva sollevato le sopracciglia e assottigliato le labbra.
Poi disse: "Non ti credo."

Scostai Nial e scivolai fuori dal suo abbraccio. Se quello
stronzo alieno era davvero un dottore, quello che stavo per
mostrargli non l'avrebbe di certo scioccato.

Mi alzai con fierezza, la coperta rossa che avevo attorno

alle spalle era come una veste regale. "Non mi sono fatta queste cicatrici infornando biscotti."

Senza smettere di guardarlo negli occhi, lasciai cadere la coperta sul pavimento e mi girai scostando i capelli per scoprirmi la schiena. Il dottore vide le brutte cicatrici frastagliate causate dalle schegge di proiettile. Mi andavano dalla spalla alla vita, mi attraversavano le natiche e si fermavano sulla coscia. Ander si avvicinò, irrigidì le spalle, ma Nial lo fermò con un gesto della mano. Lo sguardo di Nial agganciò il mio e io lo guardai con un atteggiamento di sfida per vedere se osava impedirmi di far dare una calmata a questo tronfio dottore.

Sapevo che Nial poteva vedermi di fronte, i seni e la figa, ma non mi importava. Avrei dovuto chiedergli perché io ero stata trasportata nuda, mentre sia lui che Ander erano arrivati con gli stessi vestiti che avevano sulla Terra. Lo avrei chiesto più tardi. Per ora, avevo qualcosa da provare.

Non mi denudai per stuzzicare il dottore, per tendergli una trappola. Lo sentii che si muoveva. Gli parlai senza smettere di fissare Nial. "Non mi toccare."

Ci fu silenzio; poi sentii la sua voce che tradiva una nota di stupore e rispetto che non avevo notato prima. "E quindi è vero. Sei stata ferita e rimandata a casa? Sei una dei reietti? Una di quelli che chiami veterani?

Stavo per strozzarlo. Mi girai e raccolsi la coperta per coprirmi. "I nostri veterani *non* sono dei reietti. Ce ne prendiamo cura e li trattiamo con rispetto. Ricominciano a vivere dopo la guerra. Proviamo a farli reintegrare nella società. La maggior parte di loro ha una famiglia da cui ritornare." Il suo sguardo era di nuovo confuso, e di nuovo mi sforzai per farmi capire. "Le loro compagne e i loro bambini li aspettano."

"Ai vostri reietti è permesso avere una compagna?"

Ander si accovacciò al mio fianco, fissandomi in volto con stupore. Mi sporsi in avanti e poggiai la mano sulla cicatrice che aveva sulla guancia, ne tracciai i contorni con la punta delle dita come avevo immaginato di fare, in modo da fargli sapere che quella cicatrice non lo rendeva meno attraente ai miei occhi.

"Alcuni non sopportano i soldati, ma la maggior parte delle persone sono arrabbiate a causa delle guerre sulla Terra, non ce l'hanno con i soldati che le combattono. La maggior parte della nostra gente tratta i soldati con grande rispetto." Sorrisi vedendolo tremare sotto la mia gentile esplorazione, e riconobbi le mie azioni per quello che erano: una rivendicazione a modo mio. "Che siano feriti o meno."

Il silenzio degli uomini attorno a me era opprimente. Ritrassi la mano e mi schiarii la gola. Guardai quella stanza dalla forma strana. Era circolare, con vetri oscurati che partivano dall'altezza della vita e arrivavano fino al soffitto. Il pavimento era grigio e liscio, come marmo. Non vidi nessuna porta, nessuna apertura sull'esterno. Potevamo benissimo essere su una navicella spaziale, oppure migliaia di metri sottoterra. Non c'era modo di saperlo. "Quindi, perché siamo qui? Perché mi avete portata in questo posto orribile?"

La stanza non era orribile, ma, da quello che dicevano riguardo alla Colonia, non era certo Disneyland. Potevo solo immaginare cosa ci fosse oltre la porta.

"Non preoccuparti, compagna. Rimarremo qui solo fino a quando non saremo sicuri che stai bene," mi promise Ander. Si alzò. Era così alto che dovette quasi piegarsi a metà per guardarmi negli occhi: "Una nave ci sta aspettando per riportarci sulla corazzata Deston. Ma, prima di partire, dobbiamo farti esaminare dal dottore per assicurarci che tu sia in perfetta forma prima della cerimonia di rivendi-cazione."

Feci il punto della mia salute. Le ferite dei proiettili non facevano più male. Infatti, mi sembrava che non fosse successo nulla. Non avevo di che lamentarmi, sebbene sentissi un po' di morbidezza tra le cosce. Arrossii, pensando a come Ander mi aveva riempito con le sue dita. A come mi aveva scopata. A come mi aveva portata all'orga-smo, ancora e ancora. E no, quello non era tutto. Aveva anche messo la bocca sulla mia figa e mi aveva leccato il clitoride, l'aveva succhiato, l'aveva persino morso fino a farmi venire. L'ultimo ricordo che avrei avuto della Terra sarebbe stato di me nel centro elaborazione, sulle ginocchia di Nial, con entrambe le bocche dei miei compagni su di me che mi facevano venire.

Oh Dio, la Terra. Non ero più sulla Terra. Fu un pensiero veloce e volante, perché Ander mi sovrastava e Nial si mosse dietro di me appoggiandosi alla mia schiena. Ero circon-data, e non riuscivo a vedere più l'altro uomo che era con noi nella stanza. Non ne sentivo la mancanza. Mi aveva irri-tata col suo atteggiamento, i suoi dubbi riguardo le mie abilità, e tutto solo perché ero una donna.

"Sto bene. Non ho bisogno di essere visitata da un dottore."

"Invece sì," ribatté Ander. Si raddrizzò e si mosse vicino a un tavolo dietro Nial, che non avevo notato in precedenza. Ander poggiò le mani sulla superficie dura. Il dottore, che era sempre lì, cominciò a recuperare degli strani oggetti dalle mensole allineate lungo il muro. Solo ora mi accorsi che ci trovavamo in una stanza per gli esami e che avevano tutta l'intenzione di esaminarmi. Tutti e tre.

Questo non era una cosa alla *ehi, dà un'occhiata alle cica-trici che ho sulla schiena.* Questo era un esame medico.

Dal modo in cui Ander mi fissava, sapevo che non avrebbe cambiato idea. Mossi il mento per guardare Nial, sperando che almeno lui ragionasse. "Sto bene. Davvero."

Sollevò la mano e mi afferrò il viso. "Ti hanno sparato, Jessica. E sei stata curata con una bacchetta ReGen vecchia di anni. Avremmo dovuto aspettare prima di iniziare il legame, ma non potevamo sapere in anticipo quanto forte sarebbe stata la tua reazione. Non ti abbiamo concesso del tempo per ristabilirti dal nostro seme, e ti abbiamo trasportata attraverso la galassia. Non sappiamo se il trasporto ti ha fatto del male. Non mi fido della bacchetta ReGen che è stata usata per curarti. Potrebbero esserci dei danni interni che non siamo riusciti a vedere. E poi, dobbiamo sapere se hai altre ferite."

"Quali altre ferite? Sto bene." Strinsi gli occhi. Ma a cosa diamine si riferiva? Non avevo altre ferite.

"Hai molte cicatrici sul tuo corpo, mia sposa. Non so se sei guarita completamente da quelle ferite di guerra. Dobbiamo sapere se puoi portare un bambino in grembo. Se possiamo scoparti come vorremmo. Hai accettato che il seme ti fosse spalmato sulla pelle. Il legame è cominciato, ma la tua reazione è stata davvero..." i suoi occhi si scurirono in uno sguardo di desiderio che già riuscivo a riconoscere, "...estremo."

"E non va bene?" chiesi. Ero confusa. Non gli piaceva una donna passionale?

"Sapevamo già che la risposta del tuo corpo sarebbe stata unica, ma le sensazioni che hai provato quando abbiamo spalmato la nostra essenza sulla tua pelle impalliidiranno in confronto all'intensità che proverai una volta che avremo piantato il nostro seme dentro il tuo corpo."

Dio, avrei avuto un cazzo di attacco di cuore, allora. Solo a pensarci i seni mi si fecero pesanti, e sapevo che i miei compagni avrebbero trovato un umido benvenuto tra le mie gambe.

Ander fece un respiro profondo e ci mancò poco che si mise a ringhiare. Poteva sentire l'odore della mia eccitazione. Cavolo, sapeva che ero bagnata. Come ci riusciva? Strinsi le gambe, ma era inutile.

"Ti prenderemo più di una volta in una notte."

Scossi la testa, provando a dare un senso a tutto quello che mi era successo nelle ore precedenti. Mi ricordai di Nial che mi stringeva, che mi toccava. Mi ricordai lo shock che avevo provato nel vedere la bocca di Nial sulla mia figa, il calore del loro seme, mentre si stringevano il cazzo e mi inzuppavano con la loro rivendicazione primitiva.

Dopo di quello... le cose si fecero confuse. Provai a ricordare chi di loro mi avesse afferrato la coscia, chi mi avesse succhiato i capezzoli, di chi fosse la mano sepolta nei miei capelli e di chi le dita dentro di me... ma era tutto confuso... tutto si confondeva in un piacere tanto intense da non farmi respirare. Mi ero perduta, vi annegavo dentro, annegavo in questi uomini. I miei uomini, stando alle loro affermazioni. I miei compagni. Guardai in alto e vidi che Nial mi osservava da vicino.

"Senti ancora la nostra connessione, compagna. Non provare a rinnegare il tuo desiderio. Hai gridato tra le mie braccia. Le tue rauche grida di piacere mi risuonano ancora nelle orecchie. E anche se mi fa piacere sapere che sei... così sopraffatta dalla nostra connessione, una reazione del genere da parte di una sposa Prillon è di certo inaspettata."

Arrossii, accaldata. Potevo sentire il rossore che mi colorava la faccia e il collo. Non avevo bisogno che mi ricordasse quanto mi fosse piaciuto quello che mi avevano fatto. Aveva amato ogni bacio, ogni carezza. Ma quando mi disse che la mia reazione non era normale, quello non fece che confermare i miei sospetti. Non ero una che poteva diventare una principessa. Se non potevo gestire l'intensità del loro seme alieno, avrebbero dovuto cercare la loro sposa da un'altra parte. Avevo perso il controllo e... dovevo aver perso anche conoscenza, perché non mi ricordavo di niente. E non mi avevano nemmeno scopata!

Mi avevano procurato un orgasmo dopo l'altro, ed era stato così intenso che ero completamente uscita di senno. Mi ero dimenticata di dove mi trovavo, e non mi importava. Ero fuori controllo, e quello era pericoloso. Avrei permesso loro di farmi qualunque cosa.

Qualunque cosa. E forse li avrei implorati per averne di più.

"Questo non vuol dire che dovete controllarmi. Vuole dire solo che siete bravi." E così ammisi l'effetto che mi facevano. Se qualcuno doveva proprio darmi una controllata, allora ci voleva uno psicologo. Nessuna donna avrebbe dovuto sentirsi tanto affezionata a due uomini che conosceva a malapena. Nessuna donna avrebbe dovuto permettere loro di fare quello che loro avevano fatto a me. No, non tanto permettere. Implorare per avere di più.

"Ancora non ti abbiamo scopata," disse Ander, come se ci fosse bisogno di ricordarmelo. "Ma lo faremo. Presto."

Guardai il dottore e diedi uno sguardo di avvertimento ad Ander, ma lui non sembrava imbarazzato quanto me.

"Sto bene."

"Se sei così... sopraffatta, solo dalle mie dita, dalla mia bocca, dal nostro seme sulla tua pancia e sui tuoi seni, allora è probabile che ti faremo del male quando useremo i nostri cazzi."

"Ander," lo ripresi con la speranza che si tappasse la bocca.

"Dice la verità," aggiunse Nial. "Il nostro dovere è di

proteggerti, non di farti del male. Dobbiamo essere sicuri che sei abbastanza sana per essere reclamata nel modo appropriato."

Mi prese tra le sue braccia e mi sollevò deponendomi sul tavolo per gli esami.

"Che intendi con 'nel modo appropriato'?"

Che cosa poteva succedere, oltre alle scopate? E, a essere onesta, non è che proprio mi opponessi all'idea di cavalcare il cazzo di Nial, o di prenderli in bocca tutti e due, a turno, di assaporare il loro seme, mentre un orgasmo mi ruggiva attraverso il corpo.

"È la seconda volta che vengo esaminata." Il tavolo era simile a quello su cui mi avevano fatto distendere nel centro elaborazione, quando la custode Egara mi aveva rimosso i pezzi di metallo dalla schiena e dal fianco e aveva usato quella straordinaria bacchetta curativa. "Se c'è qualcosa in me che non va, la Custode Egara l'avrebbe scoperto."

"Nient'affatto," disse Ander. "Dopo l'esame della custode ti abbiamo dato il nostro seme, ti abbiamo dato piacere."

Le sue grandi mani aprirono la coperta ed esposero il mio corpo al dottore. Ma ora la mia rabbia era svanita, e per me era impossibile sopportare la sua ispezione. Non volevo che il dottore mi guardasse, per non parlare di farmi toccare.

"Ander!" Mi inerpicai per afferrare la coperta, ma Ander mi afferrò i polsi e si mosse verso la testa del tavolo facendomi distendere. Avevo le braccia sopra la testa, la schiena inarcata e i miei seni che puntavano all'infuori.

Guardai in alto e strinsi gli occhi verso quel bruto.

"Lasciami andare!"

Scosse la testa lentamente. "Ti farai visitare. È nostro compito assicurarci che stai bene."

Nial si piazzò di fianco a me e inclinò la testa. "Ti scoperemo, Jessica. Spesso, e fino in fondo. Il dottore si assicurerà che sei in grado di soddisfare le richieste dei tuoi compagni."

Ander sniffò l'aria. "Puoi sentire il suo odore?"

Nial guardò Ander. "Sì. Interessante."

Mi contorsi sotto la stretta di Ander, ma sapevo che non c'era niente da fare. Lo feci lo stesso. Il dottore – che sia maledetto – era in silenzio ai piedi del tavolo. Stava aspettando di avere il permesso per poter cominciare.

"Che cavolo c'è di interessante?" chiesi.

Nial inarcò un sopracciglio sentendo il mio tono arrabbiato. Non era *lui* quello nudo e bloccato di fronte a un totale sconosciuto. "La cosa interessante, compagna, è che tutto questo ti eccita."

"Non è vero!" ribattei, ma avevo i capezzoli duri come sassolini. Strinsi le cosce l'una contro l'altra, come per sfidarli. Forse, se le avessi chiuse, i miei compagni non sarebbero stati in grado di sentire quello che la forte presa di Ander stava provocando nel mio corpo. La logica dietro tutto quanto era ridicola, mi lasciava senza parole. In qualche modo, dentro di me, sapevo che se questi uomini dovevano reclamarmi, allora avevo bisogno di sapere se erano più forti di me. Avevo passato la mia vita proteggendo le altre persone, e ancora dovevo incontrarlo un uomo che mi facesse sentire che sapeva proteggermi meglio di quanto non facessi io.

Ander poteva tenermi ferma, tenermi esattamente lì dove voleva. Gli bastava una mano per farlo. Questa dominazione mi fece arrabbiare, mi faceva venir voglia di lottare, di lottare contro la sua presa. Ma quell'altra parte di me, la parte che tenevo sepolta in fondo alla mia anima? La ragazza urlante che voleva sentire che il mondo era un posto sicuro? Si stava svegliando, sperava di essere liberata. Più la combattevo, più diventava selvaggia, fino a quando il bisogno che avevo di sentire il tocco dominante di Ander non creò una guerra civile tra mente e cuore. Scalciai sul tavolo, e il cuore mi batteva così forte che ero certa che il rimbombo si sentisse fino nella stanza affianco.

Avevo bisogno di sapere che, a prescindere da quello che facevo, Ander era lì per me, che era forte abbastanza da controllarmi, da controllare il mondo intorno a me.

Nial piazzò una spessa cinghia nera sui miei fianchi e la agganciò al tavolo così da impedirmi di sollevarli. Quando tirai un calcio, mi sollevò entrambe le gambe e me le bloccò sulle staffe che il dottore aveva tirato fuori da sotto al tavolo. Senza dubbio le aveva tenute nascoste. Se le avessi viste prima, me la sarei data a gambe levate. Erano staffe simili a quelle che c'erano nello studio del mio ginecologo. Nial mi legò le caviglie al metallo spesso. Quando ebbe finito, si voltò per guardare Ander.

"Ti servono le cinghie per le braccia?"

Ander ridacchiò. Si piegò in avanti per sussurrarmi nell'orecchio: "No. Mi *piace* tenerla ferma."

Oh, Dio. Quello sì che era eccitante.

Nial sorrise e usò un qualche tipo di manovella per regolare le staffe. Mi fece spalancare le gambe. Avevo la figa nuda e in bella mostra, il bordo del mio culo praticamente pendeva fuori dal tavolo. Invece del dottore, fu Nial a mettersi in mezzo alle mie gambe e a infilarmi un lungo dito nella figa facendomi respirare in modo affannato.

"Ander, è così bagnata. Dovremmo prenderla adesso, spalmare i suoi umori sui nostri cazzi, scoparla fino in fondo."

Le mani di Ander si irrigidirono attorno ai miei polsi, ma non mi fece male. Volevo contorcermi, ma anche quel piccolo atto di sfida mi fu negato dalla pesante cinghia che avevo sui fianchi. Ero così arrabbiata che volevo sputare in faccia a Nial e graffiargli gli occhi, e così eccitata che speravo che si calasse i pantaloni e mi scopasse lì, su quel tavolo, mentre Ander mi bloccava e ci guardava.

Che cavolo di problema avevo?

Nial si girò verso il dottore e annuì. Si allontanò facendo spazio al dottore per permettergli di fare qualunque cosa avesse intenzione di fare. Non speravo nemmeno di poter scappare.

Guardai Nial, mentre si leccava il dito ricoperto dei miei umori, ruotando la lingua attorno alla punta come se stesse assaporando il miele più dolce del mondo.

Ero determinata a non arrendermi. Mi voltai e guardai il dottore che si avvicinava. Sembrava rassegnato, clinico. Non c'era eccitazione in lui, nessuna voglia nel suo sguardo, e ciò fu d'aiuto. Eppure, quando vidi che aveva due dildo tra le mani, inarcai la schiena e raddoppiai gli sforzi per spezzare la presa d'acciaio di Ander.

10

N ial

GUARDAI il dottore avvicinarsi alla mia compagna. Era bellissimo osservare il suo atteggiamento di sfida. Mi ero sempre immaginato assieme a una regina sottomessa, docile, ma ora ringraziavo gli dei e il centro elaborazione per avermi dato questa piantagrane, una guerriera che non aveva paura di combattere e non si faceva intimidire dalle cicatrici dei suoi compagni.

"Non esiste. Che diavolo hai intenzione di fare?" urlò al dottore, ma il dottore ignorò le sue proteste e posò i suoi strumenti sul piccolo tavolino vicino al tavolo. "Per che razza di esami ti servono... quelle cose?"

Il dottore sollevò una mano vicino al suo fianco, ma Jessica si mise a scalciare con una tale violenza che Ander ed io tememmo che gli sarebbe scoppiata una vena, se non l'avessimo calmata. L'equipaggiamento medico era necessario per sopravvivere su Prillon. Non volevo sapere se stava bene solo in vista della cerimonia, ma soprattutto perché l'avevo portata via dalla Terra senza seguire le giuste procedure, e non aveva nessuno dei fondamentali impianti biologici di cui aveva bisogno per vivere una vita sana e felice su Prillon.

Alzai una mano e il dottore indietreggiò. Jessica respirava affannosamente mentre mi avvicinavo. "Jessica, per favore. Non ti faremo del male. Il dottore segue le procedure standard. Tutte le spose vengono sottoposte agli stessi test. Te lo prometto. Fidati di me. Non permetterei a nessuno di farti del male."

"Stronzate. Tutte stronzate. Non ci vogliono i dildo per gli esami medici, stronzi pervertiti. Lasciatemi andare!" Lottava con ferocia, e il sistema che le monitorava la pressione sanguigna cominciò a suonare allarmato.

"Deve calmarsi. Potrebbe avere un infarto." Le parole del dottore mi fecero preoccupare profondamente, e allora capii che era il giunto il momento di mostrare alla mia nuova compagna cosa significava la vera disciplina Prillon.

Mi avvicinai a lei e le piazzai una mano sul petto. "Calmati, Jessica. L'esame è necessario. Smettila di lottare o ti sculaccerò fino a farti diventare il sedere rosso fuoco."

Mi fissò intensamente. La sua schiena si inarcò sollevandosi dal tavolo e provò a svincolarsi dalla presa di Ander. "Cosa? Come con un ragazzino? No. Lasciami andare."

"Fidati di me, compagna. Il dottore non ti farà del male." Ander provava ad aiutarmi. "Te lo prometto. Se ti fa del male, muore."

"No." Continuò a lottare, allungando il collo per provare a mordere Ander.

"Ti avevo avvertito, Jessica. Adesso ti insegnerò cosa significa sfidare il tuo compagno." Sollevai il braccio e mi posizionai ai piedi del tavolo. Il suo culo rotondo era lì in bella mostra, le sue gambe erano spalancate e bloccate dalle cinghie. Feci scorrere la mano sulla sua carne liscia, una carezza soffice per farle sapere dove mi trovavo, e dove avevo intenzione di colpirla. "Adesso ti sculaccerò, perché ti sei rifiutata di obbedire. Quando si tratta della tua salute, della tua sicurezza, Jessica, niente può fermarmi."

La guardai negli occhi. Cominciò a respirare più lentamente. "Non ci provare."

La colpii con forza e velocità; il suo grido fu pieno di rabbia, non di dolore. "E uno."

"Stronzo!"

"Quello ti è appena costato un'altra sculacciata, Jessica. Farai meglio a stare attenta a come parli." La colpii di nuovo, e il suo culo divenne d'un rosso accesso. Fui enormemente soddisfatto quando quella raffica verbale si zittì furiosa, con la sua figa rosa che brillava con un benvenuto bagnato, mentre io ispezionavo le sue pieghe, le davo tempo per adattarsi alla nuova posizione e accettarmi come suo padrone, come il suo vero compagno.

Come mi aspettavo, la pausa nella mia lezione riportò a galla la sua furia infuocata. "Tutto qui? Perché se è così, puoi andartene a fare in culo e lasciarmi alzare. Certo, non permetterò a quel dottore di scoparmi con quei giocattoli."

Incrociai lo sguardo di Ander e annuii per essere sicuro che sapesse che doveva stringere la sua presa. Infilai due dita dentro la sua figa bagnata, e con un altro dito presi a massaggiarle il clitoride, spingendola al limite, sul picco del rilascio, prima di ritrarmi. "La tua lezione è appena iniziata, poiché non smetti di mancare di rispetto ai tuoi compagni."

Il suo gemito di piacere addolorato mi appagò. Guardai la sua figa che si contraeva attorno al vuoto, che si disperava per quello che le negavo. "Adesso conterai, Jessica. Conta fino a dieci, mentre ti punisco per avermi sfidato. Quando avremo finito, inviterò il dottore a completare l'esame."

"Io non lo voglio l'esame." Il suo petto si alzava e si abbassava, il suo corpo bellissimo era tutto per noi. Feci di tutto per non calarmi i pantaloni e scoparla lì, mentre penzolava sul bordo del tavolo. Ma non eravamo qui per quello. Aveva bisogno degli impianti biologici, e aveva bisogno di un check-up completo, prima che Ander e io potessimo prenderla fino in fondo. Non volevo aspettare, perché lei era troppo testarda per sottoporsi a un esame medico standard.

"Lo so. Ma è necessario. Lascerai che lui si prenda cura di te, oppure ti sculaccerò fino a farti ragionare. Hai capito?"

"Va' al diavolo."

Le infilai tre dita nella figa, fino in fondo, solleticandole la punta dell'utero e facendole inarcare la schiena con un grido flebile. Le pareti della sua figa si contrassero attorno alle mie dita, come per accoglierle. Le massaggiai il clitoride fino a farla gemere, ma non le permisi di venire. Si sarebbe arresa a me, senza se e senza ma, oppure non sarebbe scesa da questo tavolo.

"Non dimenticarti di contare, Jessica." Sfilai le dita e ricominciai a sculacciarla sul sedere nudo. Arrivai a tre prima che cominciasse a contare.

"Tre."

"Comincia da uno, compagna. Ricominciamo da uno."

Sussultò quando la sculacciai di nuovo, ma la sua voce finalmente sussurrò la parola che volevo sentire.

"Uno."

Smack.

"Due."

Smack.

Continuai fino ad arrivare a venti; il suo culo era diventato rosso, e il cuore le batteva a mille. Si contorse, inarcò la schiena, e le lacrime le colarono dagli occhi. Quando finii, la sua voce si era ormai tramutata in singhiozzi tremanti, ma era calda e sottomessa nella stretta di Ander.

Ripresi il mio posto al suo fianco, la mia grande mano aperta sul suo petto. Aveva la testa girata di lato, evitava di guardarmi. "Ora permetterai al dottore di esaminarti, compagna?"

"Non capisco a cosa serve tutto questo."

Non era felice, ma almeno stava ascoltando. "Il dottore deve testare il tuo sistema nervoso per essere sicuro che funzioni correttamente. Hai bisogno di alcuni impianti per vivere sul nostro pianeta. Testerà anche la tua fertilità, assicurandosi che non sei malata."

"Che cosa? Quali impianti?" Tremava aspettando la mia risposta. A dire il vero, nemmeno io sapevo come funzionassero esattamente, e quindi mi girai verso il dottore.

"Dottore, per favore, rispondi alla domanda della mia compagna."

Il dottore fece un passo in avanti, ma Jessica subito si mise a scalciare, costringendolo a restare fermo lì dov'era. "Ancora non ti sono stati impiantati tutti i bio-processori Prillon. Dobbiamo fare anche quello."

"Che significa?"

Il dottore annuì. "La nostra tecnologia ricicla tutta la materia nella sua forma base. I vestiti che portiamo, il cibo che mangiamo, e i rifiuti prodotti dal nostro corpo: tutto viene recuperato e riusato dai nostri sistemi. I bambini Prillon vengono dotati di questi impianti quando nascono. Ma, siccome tu vieni dalla Terra e non sei stata in grado di completare il procedimento prima del tuo trasporto... abortito, non hai tutti gli impianti necessari che la vita sulle nostre corazzate richiede." Spalancò le mani e fece un esitante passo avanti. "Ti giuro sul mio onore di guerriero Prillon, di dottore, che non ho nessuna intenzione di farti del male."

"Va bene. Fa' quello che devi fare." Chiuse gli occhi e girò la testa verso il muro. Aveva la mascella contratta, ma le sue braccia si erano rilassate. Ander continuava a bloccarle le braccia. Si sporse in avanti e la baciò con dolcezza, con le labbra che le rubarono le lacrime dalle guance.

"Bravissima, Jessica. Non preoccuparti, compagna. Ti terrò al sicuro. Hai la mia parola."

Mi misi di fianco a Jessica, il dottore a portata di mano, tenendo sott'occhio la figa soffice e rosea di Jessica. Mi fidavo del dottore, ma fino a un certo punto. Eravamo sulla Colonia, e non potevo fidarmi ciecamente di lui. Una mossa sbagliata, un bagliore di desiderio nei suoi occhi, e gli avrei staccato la testa dal collo. Mi guardò tenendo sollevato il primo strumento. Misi la mano sulla coscia di Jessica per farle sapere che ero lì per lei e la stavo proteggendo.

"Comincia pure."

Il dottore spalancò le labbra rigonfie della figa di Jessica, scoprendo il centro per i miei occhi. Non riuscivo a distogliere lo sguardo da quello spettacolo. Il dottore si preparò per inserire un tomografo lungo e spesso nel suo corpo per testarne la fertilità e controllare se ci fossero malattie. Un accessorio secondario e regolabile serviva a testare il sistema nervoso della mia compagna e la sua reazione agli stimoli sessuali, ma il dottore non l'aveva ancora connesso al sensibile clitoride di Jessica. Sapevo che lei funzionava alla perfezione, il modo in cui aveva reagito alla bocca di Ander era la prova di cui avevo bisogno. Però, i protocolli dovevano essere rispettati, altrimenti non sarebbe stata accettata come sposa Prillon. E lei non era una sposa Prillon qualunque; ma una principessa Prillon.

Il dottore spinse in avanti il congegno e penetrò la figa bagnata della mia compagna, allargandola in modo da far entrare quella sonda ragguardevole. Il flebile gemito di Jessica me lo fece diventare duro come una roccia. Il lungo congegno, lungo quasi quanto il mio cazzo, sparì lentamente tra le sue avide pieghe rosate. Un monitor sul muro mostrava numeri e altre informazioni che non capivo, ma il dottore adocchiò i dati e annuì in approvazione, prima di raggiungere il secondo strumento, che sapevo era destinato al culo di Jessica. Questo qui era molto più piccolo del cazzo di Ander, e il dottore l'avrebbe usato per vedere quanto Jessica fosse pronta a essere scopata da tutti e due i suoi compagni allo stesso tempo. Era quello l'unico modo per stabilire un legame reale.

Passai la mano lungo la morbida coscia di Jessica. Aveva bisogno di sapere che ero lì con lei, e che avevo bisogno di toccarla per ricordarmi che era reale e che era mia. Avevo bisogno che questo esame finisse il prima possibile.

Sarebbe stato il dottore a darci i nostri collari, ma non prima di aver completato tutti i test medici. Senza il mio collare attorno alla gola, tutti i maschi privi di compagna della Colonia avrebbero creduto di potersi arrogare il diritto di sfidarci per avere Jessica.

Mi avrebbero sfidato senza dubbio. Potevo già sentire i guerrieri che si radunavano, che si azzuffavano al di là del vetro per guardare la mia bellissima compagna che veniva esaminata. Avevano il diritto di assistere, ed ero certo che almeno uno di loro ci avrebbe sfidati. Avevo una sola domanda per la testa: quanti ne dovevamo uccidere prima di poter lasciare questo pianeta?

————

JESSICA

ERO LEGATA al tavolo per gli esami, le gambe spalancate, nuda. Il dottore inserì un dildo gigante nella mia figa gocciolante. Non sapevo cos'altro aspettarmi, ma la stretta di Ander attorno ai miei polsi non si allentava, e ora la mano di Nial mi stava massaggiando l'interno coscia, andava su e giù, come se stesse accarezzando un gattino.

Non capivo cosa mi fosse successo. Avevo il sedere dolorante, mi sentivo estremamente umiliata e smaniavo per il tocco di Nial, per il suo calmo controllo. Avevo voglia di strisciare giù dal tavolo e rifugiarmi tra le sue braccia. Per la prima volta dopo giorni, forse dopo settimane, avevo la mente calma e sgombra, la mia paura era svanita. Mi sentivo in pace.

Anni di condizionamento mi facevano pensare che avrei dovuto essere arrabbiata per come mi aveva trattato, per la punizione e le richieste di obbedienza. Invece, il suo tocco mi rendeva famelica, mi faceva desiderare che il dottore ci lasciasse soli, e così avrei avuto il cazzo di Nial dentro di me, invece di quella sonda fredda. Avevo già provato la gioia del loro seme, e già lo bramavo con un bisogno disperato che avrebbe dovuto imbarazzarmi – ma avevo altre cose ben più umilianti a cui pensare adesso. Come ad esempio le dita del dottore che esploravano il buco stretto del mio culo, e che spingevano dentro qualcosa di calvo e vischioso.

Sussultai.

Sapevo riconoscere il lubrificante ma, a differenza della fredda gelatina che usava il mio dottore, questo liquido era più un olio caldo che mi colava dentro il culo, rivestendomi le pareti interne con una sostanza che mi rendeva ancora più sensibile.

La testa arrotondata di un secondo strumento cominciò a fare breccia nel mio corpo, e capii che tenere gli occhi chiusi era una pessima strategia. In questo modo, infatti, non facevo altro che concentrarmi su ogni singolo dettaglio, e nemmeno la più minuscola delle sensazioni sfuggiva alla mia attenzione. Potevo sentire il ritmo del respiro e del battere del cuore di Ander. Nial era in piedi di fianco a me, cauto e all'erta, e stranamente fiero, come se la mia figa fosse un trofeo da mostrare alle masse.

Il dottore, per quanto clinico, mi stava facendo delle cose che non avrei mai immaginato. Contrassi il culo, mentre lo strano congegno mi veniva infilato dentro. Provavo a impedirgli di entrare. A combatterlo.

Nial mi diede uno schiaffo sulla coscia e io sussultai scioccata, mentre un fuoco mi correva lungo le vene. "Smettila di opporti, Jessica. Lasciagli fare il suo lavoro, così possiamo andarcene."

Aprii gli occhi e vidi Ander che mi fissava con un tale feroce bisogno che mi bloccai, incapace di negarglielo.

"Il tuo culo è vergine, vero?" La sua domanda fu oscura e profonda.

Arrossii e annuii.

Rispose con un ringhio greve.

Mi leccai le labbra. "Ander. Distraimi."

Sorrise. Dio, era così bello. La sua mascella volitiva, i suoi occhi penetranti, il suo sguardo bestiale. Il solo guardarlo avrebbe potuto farmi perdere, ma adesso non era sufficiente.

"Con piacere." Senza lasciarmi andare, si spostò al lato del tavolo e si chinò su di me. Ancora prima di essersi messo in posizione, si era piegato in avanti e mi aveva baciato con fervore. Il suo bacio mi incendiò, e mi rilassai, mentre il dottore mi allargava, infilando il secondo oggetto dentro di me con dei movimenti lenti e misurati, fino a quando non fui così piena che mi sembrò di essere sul punto di esplodere. Dovevano farmi venire o lasciarmi andare.

Mentre Ander mi baciava, Nial usò la mano libera per afferrarmi il seno, tirare i capezzoli e strizzare forte abbastanza da farmi inarcare la schiena sotto la sua stretta imperiosa. L'altra mano scivolò dalla coscia e finì sul mio clitoride, ne esplorò i contorni, stuzzicandomi fino a quando non ricominciai a combattere la stretta di Ander. Non perché volessi scendere dal tavolo, ma perché avevo bisogno di più di quanto mi stessero concedendo.

Il dito spesso di Nial mi allargò le labbra della figa attorno al dildo, e la lingua di Ander si tuffò nella mia bocca, e allora sentii una strana suzione sul clitoride. Non erano le labbra o la bocca di Nial, perché sapevo cosa si provava ad avere la bocca di un alieno che mi leccava il clitoride fino a farmi venire. Questa sensazione era stramba, come se fosse una ventosa fatta di gomma. Provai a liberarmi dalla bocca di Ander per chiedere cosa stesse succedendo, ma Ander mi negò quella libertà, piegandosi ancora di più sopra di me fino a farmi sentire intrappolata sotto la sua stazza da gigante. Bloccata, non solo dalle cinghie e dalle sue mani, ma dal suo corpo e dalla sua forza bruta.

Per qualche motivo non m'importava di avere il controllo. Quella sensazione mi faceva impazzire. Mi dimenticai dello stupido esame del dottore. L'unica cosa di cui mi importava erano i miei due grossi guerrieri, le loro mani e le loro bocche, e l'oggetto spesso e duro che mi invadeva la figa. E il culo. Non potevo negare che, pur scomodo, non faceva altro che aumentare tutte quelle sensazioni che mi percorrevano il corpo.

Nial mi mise la bocca sul capezzolo, e il dottore doveva aver acceso qualcosa, perché la sensazione di risucchio sul mio clitoride si fece più intensa e veloce. Risucchio. Rilascio. Più forte. Rilascio.

Cominciò a vibrare. Nial mi mise una mano in mezzo alle gambe, cominciò a scoparmi col grosso dildo, tirandolo fuori e rificcandolo dentro, fino in fondo.

Aumentò il ritmo, scopandomi con quella cosa mentre l'altra macchina continuava a succhiarmi il clitoride con una maestria che mi lasciò sull'orlo di un burrone. Era come se la macchina sapesse esattamente quando stavo per avere un orgasmo, e si spegnesse un secondo prima per impedirmi di venire.

E continuò a farlo, ancora e ancora. Quando il dottore cominciò a scoparmi con il dildo che avevo nel culo, gemetti sotto la bocca di Ander, incapace di fare qualsiasi cosa. Potevo solo arrendermi a quel momento, alla disperazione che mi inondava il corpo senza alcun controllo.

Non ero più me stessa. Ero solamente un corpo, un fascio di nervi e lussuria senza né nome né memoria. Ero creta nelle mani dei miei compagni. Era un concetto spaventoso, ma loro volevano darmi piacere, null'altro.

Ander mi liberò dal suo bacio e io girai la testa da un lato, provando a riprendere fiato, mentre entrambi gli oggetti entravano e uscivano dal mio corpo, e la ventosa vibrante sul mio clitoride si faceva sempre più intensa.

Aprii gli occhi e vidi che Nial era a pochi centimetri dal mio volto. Incombeva su di me: "Vuoi venire, compagna?" Tirò il dildo quasi completamente fuori dal mio corpo, tenendo giusto la punta dentro di me per stuzzicarmi.

Singhiozzai. Così vuota. Mi sentivo così vuota. "Sì."

"Chiedilo con gentilezza, Jessica." Mi tirò un capezzolo, abbastanza forte da farmi male, e la figa mi si contrasse attorno al nulla in uno spasmo che fu doloroso.

"Per favore." Lo guardai in quei suoi occhi d'oro e d'argento, e gli diedi quello che voleva; quelle parole furono un canto che mi consumava: "Per favore, per favore, per favore."

Una mano di Ander scivolò dal mio polso giù lungo la linea del mio braccio, fino alla spalla, e si posò come una coperta calda sulla mia gola. Non mi stringeva. Non faceva altor che ricordarmi che ero sua, sotto il suo completo controllo, e che non c'era niente che potessi fare. Potevo solo sottomettermi.

"Vieni per noi. Vieni adesso." La voce di Nial si era fatta più profonda che mai, le sue parole erano un ordine.

Il mio corpo rispose all'istante. L'esplosione mi percorse e mi fece urlare. Una volta cominciato, non potevo fermarmi, perché, non appena pensavo che stesse diminuendo, la bocca di Ander apriva la mia per esplorarmi e assaporarmi; Nial e il dottore mi scopavano con i loro aggeggi; e la suzione sul mio clitoride aumentava, mi tirava il corpo, vibrava con abbastanza forza da farmi inarcare la schiena e farmi infrangere, ancora e ancora.

Non avevo idea di quanto a lungo fosse durato, ma quando tutto fu finito ero zuppa di sudore, esausta. Ander mi scostò i capelli dal viso e Nial si mise in piedi al mio fianco come una guardia. La sua mano non mi lasciò, continuava a toccarmi l'addome, la coscia, e mi faceva sapere che lui era vicino.

"Quindi, dottore?" La domanda di Nial mi tirò fuori dalla confusione. Volevo sapere cos'avesse da dire quel dottore a proposito di *tutto questo*.

"Ottimi risultati, principe." Tirò fuori il dildo e lo strano pezzo che avevo sul clitoride venne via. "A dirla tutta, i livelli di risposta del suo corpo sono leggermente migliori di quelli di tante spose Prillon."

Volevo sollevare gli occhi al cielo, ma decisi di chiuderli, mentre Nial mi toglieva le gambe dalle staffe e sganciava la cinghia che mi bloccava all'altezza della vita.

"Gli impianti? È andato tutto bene? È pronta per il trasporto?" Il tocco di Ander si era fatto estremamente gentile quando cominciò a massaggiarmi entrambe le tempie, proprio dove erano stati messi i neuro-stimolatori. Affondò le mani nei miei capelli e mi massaggiò la nuca.

"Sì. Gli impianti funzionano alla perfezione."

Mi ero dimenticata di quella parte dell'esame. Mentre mi davano piacere, il dottore mi aveva innestato gli impianti dentro il corpo. Dio, un orgasmo era mille volte meglio di un anestetico.

"È pronta."

Aprii gli occhi e mi accigliai. "Uhm, dottore, penso ti sia dimenticato di qualcosa," dissi. Imbarazzata, indicai lo spazio in mezzo alle mie gambe, là dove c'era quell'oggetto, sempre dentro il mio sedere.

Con un tocco gentilissimo, Nial infilò un dito nella mia fessura per toccare l'oggetto. "No. Questo dildo rimarrà dentro di te."

Mi sollevai sui gomiti. "Cosa? Perché?"

"Perché devi essere larga abbastanza per accogliere i nostri cazzi. Ti prenderemo... assieme, Jessica."

"Ancora devi vedere il mio cazzo," disse Ander. Mi voltai verso di lui. "Ti assicuro che è molto più grande di quel dildo. Nial prenderà la tua figa, è sua di diritto in quanto maschio primario. Io non ti scoperò lì fino a quando il suo bambino non sarà dentro di te. Ma mi *prenderò* il tuo culo, mi spetta di diritto in quanto tuo secondo."

Mi immaginai il cazzo di Ander: doveva essere enorme. Mi contrassi attorno a quell'oggetto estraneo che mi riempiva fino in fondo e mi apriva. Non potevo chiudermi, mi sentivo... piena. Come sarebbe stato avere lì il cazzo di Ander?

"Non voglio questa cosa dentro di me. È scomoda," commentai.

"Ti fa male?" chiese Ander. La preoccupazione gli fece cambiare atteggiamento. "Dottore," ringhiò.

Senza dubbio Ander avrebbe spezzato il collo di quell'uomo, se il dildo che mi aveva inserito nel sedere mi stesse facendo male.

Sollevai una mano. "No, non fargli del male. Non mi fa male. È solo che... è strano. Non ho mai avuto niente –" mi schiarii la gola, "– lì dentro, prima d'ora."

Ander sorrise. "Mi fa piacere sapere che è la tua prima volta, compagna. Il dildo rimarrà dov'è, e ogni volta che lo sentirai che ti allarga, immagina che sia io a scoparti, immagina che sia il mio cazzo che ti riempie, mentre Nial ti scopa la figa."

Le sue parole mi inondarono con un calore pericolo. Mi immaginai mentre cavalcavo il cazzo di Nial, mentre sollevavo il culo e lo scoprivo per permettere anche ad Ander di prendermi, per permettergli di riempirmi fino al punto di rottura, fino a farmi perdere il controllo.

Non ero così innocente. Avevo visto abbastanza film porno da sapere con esattezza a cosa si riferisse, e il pensiero di trovarmi tra due uomini così potenti mi fece contrarre tutto il corpo attorno al dildo. Mi morsi il labbro, distolsi lo sguardo, avevo la figa bagnata. Volevo dargli piacere, e non mi importava di dover tenere il dildo nel culo. Volevo che mi scopassero, che mi condividessero e mi riempissero con i loro cazzi fino in fondo. Se andare in giro con quest'affare dentro di me per qualche tempo mi avrebbe dato quello che volevo, allora bene.

La cosa strana qui era il mio desiderio di farmi prendere

da entrambi i miei uomini. Ero una donna moderna, di successo, libera. Non mi inchinavo davanti agli uomini e non mi bevevo le stronzate di nessuno. E allora, perché il pensiero di farmi dominare da entrambi i miei compagni allo stesso tempo mi eccitava così tanto? L'idea di arrendermi completamente a qualcuno era un anatema. Sottomettermi alle sculacciate era qualcosa che, fino a qualche giorno fa, avrei combattuto con tutte le mie forze.

Ora che avevo assaporato l'oblio che derivava dal cedere il controllo, sapevo che avrei bramato quella sensazione ancora e ancora. Diamine, forse l'avevo sempre fatto. Ma, prima di Nial e Ander, prima di adesso, non c'era mai stato un uomo che avessi ritenuto degno, qualcuno abbastanza forte – più forte di me – a cui potevo pensare di poter arrendermi.

I miei pensieri mi sorpresero. Mai, prima di allora, mi sarei sottomessa a un uomo. Volevo essere libera. Volevo sapere se potevo fidarmi di loro. E, cosa ancora più scioccante, volevo dar loro piacere. Volevo farli impazzire, volevo che mi desiderassero, che desiderassero il piacere che il mio corpo poteva procurare. Volevo essere qualunque cosa di cui loro avessero bisogno. Qualunque.

Il dottore ci porse tre lunghi nastri neri. Nial li prese e li strinse nella sua mano. "Grazie."

Il dottore sembrava nervoso. Pensai di aver sentito qualcosa dall'altra parte del muro, un tonfo, come della gente che lottava. "Io mi sbrigherei, fossi in voi," disse.

Nial si girò verso di me e stese la mano verso Ander. Ander prese una delle strisce di stoffa e se la mise al collo. Nial fece la stessa cosa e poggiò la terza striscia sul tavolo vicino a me. Mi chiesi perché mai stessero indossando degli strangolini neri. Ma, mentre li guardavo, entrambi i pezzi di stoffa si fecero rosso scuro e sembrarono come sciogliersi nella pelle degli uomini. Sembravano più un tatuaggio che un collare.

Nial prese il terzo. Ander mi aiutò a sedermi stando attenta a quella cosa dentro il mio sedere. "Per te, compagna."

Allungai la mano per prendere la striscia nera. Mi tremavano le dita. "Che cos'è?"

"Il collare per stabilire il legame. Questo ti marchia come nostra per tutto il periodo di rivendicazione. Nessun altro guerriero proverà ad avvicinarsi a te, o a rapirti. Il collare ci collegherà l'uno all'altro, come una famiglia."

Guardai all'apparentemente innocua striscia di stoffa nella sua mano e capii cos'era. Era la loro versione della fede nuziale. Una rivendicazione permanente. Un grosso segno sul corpo di una donna che urla: "*Presa*."

E non me lo avevano nemmeno chiesto. Davvero? Io non ero una di quelle ragazze che si aspettavano una proposta di matrimonio in grande stile, ma sarebbe stato carino se almeno me lo avessero chiesto. Che cos'era successo al discorsetto, al *Ti amo e voglio stare con te per tutta la vita*? Dopo quello che mi avevano fatto – o meglio, quello che avevano permesso al dottore di farmi – non ero dell'umore giusto per essere costretta a fare nient'altro. Avevo un dildo nel culo perché lo volevano loro, e perché ero abbastanza onesta con me stessa da sapere che volevo prenderli entrambi, almeno per una volta. Ma questo...?

Strinsi il collare attorno al pugno e me lo poggiai sulle ginocchia. "No."

Nial mi guardò in cagnesco. Il dottore si fece avanti parlando di sfide e uccisioni. Avrei potuto provare ad ascoltarlo, ma ero troppo impegnata a squadrare quei due alieni prepotenti.

"Mettitelo. Ora." Le labbra si Nial si assottigliarono e i

suoi occhi si strinsero provando a intimidirmi, a farsi obbedire. "Jessica, secondo la legge di Prillon io non posso costringerti a portare il mio collare. Ma, se non te lo metti al collo immediatamente, metterai te stessa in grave pericolo."

Lo guardai di rimando. Davvero? Aveva appena permesso a un dottore di penetrarmi con un paio di dildo e una ventosa magica uscita dritta dalla terra delle fantasie sessuali, e si aspettava che gli accettassi la proposta che non aveva nemmeno mai fatto? Mi guardai intorno. No, no. Non c'era nessun mostro enorme pronto a colpirmi per aver rifiutato la sua non-proposta. Solo io, i miei compagni, e il dottore, che già aveva fatto più che abbastanza. Non sarei sottostata ai loro atteggiamenti da bullo. Non per questo.

"Da dove vengo io, un uomo *chiede* a una donna – e lasciami ripetere quella parola fondamentale: *chiede* – di essere sua moglie. Di solito si mette in ginocchio e le dà una cazzo di ottima ragione per farsi dire di sì."

Nial sollevò le sopracciglia. "Mettiti il collare."

"No."

"Mettiti il collare. Adesso."

"Chiedilo con gentilezza, Nial."

Gli rigettai le sue stesse parole in faccia. Incrociai le braccia sotto i miei seni nudi. Non mi sarei lasciata imbarazzare dalla mia nudità. Sedevo come una regina davanti a tutta la corte. Non c'era nessuna parte di questo corpo che questi tre uomini non avessero già visto più che a sufficienza, e la figa e il culo ancora mi formicolavano e mi pulsavano dopo l'orgasmo. Il tavolo era bagnato e appiccicoso sotto di me.

Ander si alzò e si diresse verso quella che sembrava una porta, ignorandomi mentre l'occhio di Nial diventava nero come la notte. Non m'importava se era arrabbiato. Lo ero anch'io.

Prima quell'idiota di suo padre mi aveva negato il trasporto, e lo Sciame mi aveva rintracciata e aveva ucciso il mio vecchio mentore. Nial mi aveva salvato la vita, ma mi aveva ingannata dopo che mi avevano sparata e aveva fatto arrivare Ander di soppiatto. Poi mi avevano portata via dal mio pianeta, mi avevano legata, sculacciata e scopata con degli strani apparecchi medici, mi avevano costretta a perdere il controllo di fronte a un totale estraneo. Affrontavo sempre i problemi, mi adattavo alla situazione. Avevo assecondato tutte le loro richieste, contro ogni buon senso. Ma non avrei mai accettato di sposare questi due cavernicoli, se non me lo *avessero chiesto*!

Guardai Nial. Aspettavo che capisse cosa volevo, di cosa avevo bisogno. Lasciò cadere le spalle e il suo occhio divenne di nuovo argentato. "Che cosa vuoi, Jessica?"

Lo vidi sconfitto, e ci mancò poco che non mi intenerii. Ma diamine! Volevo una proposta come si deve. Dopo tutto quello che mi avevano fatto passare, quella almeno me la meritavo. Non era che volevo dire di no. Non avevo nessuna casa, nessuna vita da cui tornare. Fossi andata a casa – il che, in ogni caso, era probabilmente impossibile – sarei morta nel giro di una settimana.

E avrei anche sentito la mancanza di questi due guerrieri, per quanto mi facesse male ammetterlo. Li conoscevo solo da poche ore, ma li sentivo già miei.

Mentre guardavo Nial dritto negli occhi e provavo a capire come dirgli quello che volevo senza apparire come un'idiota sentimentale, la porta venne distrutta e due enormi guerrieri invasero la stanza.

Quello più grosso era ricoperto dalla stessa pelle argentata del mio Nial, ma l'argento gli ricopriva il petto e il collo, non la faccia. I suoi occhi erano del colore del miele caldo, ma aveva uno strano accessorio metallico innestato nella carne proprio al di sopra dell'occhio destro, come un secondo sopracciglio. Non mi guardò nemmeno. Fissava Nial con intensità.

"Vi sfido per avere il diritto di reclamare questa donna della Terra come mia sposa."

11

*J*essica

NIAL SEMBRÒ FARSI PIÙ ALTO, la pelle argentata brillava sotto la sfumatura bluastra della luce della sala. "Toccala e ti ammazzo."

Un altro uomo, quello che doveva essere il secondo dello sfidante, si mosse rasente al muro, veniva verso di me... e Ander, che si era messo proprio di fronte a me. Quello che si stava muovendo verso di noi sembrava del tutto normale, per essere un alieno. Almeno fino a quando non lo guardai negli occhi. Aveva gli occhi rigati da anelli d'argento, come se un gioielliere gli avesse avvolto le iridi con un paio di fedi matrimoniali identiche.

Contaminato. Quella parola mi fluttuò nella mente, fino a quando non sentii il ringhio di Nial.

Mi voltai di scatto e vidi Nial che sollevava l'altro guerriero al di sopra della sua testa come se fosse un bilanciere e lo scagliava contro un pezzo di vetro nero a dieci metri di distanza, dall'altra parte della stanza. Il vetro – o qualunque cosa fosse – andò in frantumi e cadde sul pavimento con un forte schiocco e un tintinnio che mi fece sussultare. Si rivelò una fila di soldati. Dovevano essere stati lì per tutto il tempo.

Avevano visto *tutto*. Oh mio Dio. Mi avevano vista con le gambe spalancate, mentre mi scopavano, avevano visto i miei orgasmi, il mio piacere, il...

Ander aspettava che il suo avversario lo caricasse, e il ringhio di Nial fece letteralmente tremare le altre finestre. Ander balzò all'indietro e piantò un pugno esattamente sulla mascella del suo sfidante gettandolo a terra, inconscio, parecchi metri più indietro. Un pugno e quell'uomo finì al tappeto.

Nial e Ander si guardarono l'un l'altro e presero posizione attorno a me. Alzai lo sguardo e vidi un altro paio di guerrieri farsi un cenno d'intesa ed entrare nella stanza passando per la porta distrutta. Erano enormi, grossi quanto i miei compagni, ma molto più cauti degli altri due.

Guardai il pezzo di stoffa nero che avevo tra le mani e mi arresi all'inevitabile. Ora sì che capivo tutta quell'urgenza, l'avvertimento del dottore. Ogni cosa. Sapevo che volevo i miei compagni, ma volevo che loro mi desiderassero di più che solo con i loro corpi. Volevo i loro cuori. Volevo una connessione reale.

Ma per quel tipo di amore ci voleva del tempo. Lo sapevo. Nel frattempo, non volevo che i miei compagni dovessero combattere con l'intera colonia per portarmi fuori di qui. E certo non volevo correre questi rischi; qualcuno avrebbe potuto batterli o far loro del male – anche se, a ben vedere, era alquanto improbabile.

Sospirai e guardai il gigante appostato sulla soglia. "Fermo."

Tutti e quattro i guerrieri si bloccarono, e così il dottore e gli uomini che continuavano ad azzuffarsi dall'altro lato del muro.

Mi portai quello strano collare attorno alla gola e lo lasciai andare, sorpresa quando si agganciò da solo per sistemarsi attorno al mio collo.

All'istante, mi sentii inondata dalla furia della battaglia, da un bisogno feroce di proteggere quello che mi apparteneva. Capii che quei sentimenti provenivano dai miei compagni. Mi portai la mano tremante al collo. Non ci sarebbero state menzogne, né giochetti. Avrei saputo come si sentivano ogni volta che mi erano vicini.

Abbassai la mano. Il grosso intruso fece un profondo inchino e sollevò le mani per bloccare i pugni di Nial. "Le mie scuse, principessa."

Forse gli ordini rudi di Nial non erano causati da una mancanza di romanticismo, ma temeva seriamente alla mia sicurezza. Avevano giurato di proteggermi a costo della vita, di stendere, fare del male, o uccidere qualunque maschio avesse osato avvicinarmisi. L'unica persona da cui non potevano proteggermi era me stessa. Avrebbero affrontato ogni maschio della colonia, se avessero dovuto, ma non potevano costringermi a indossare il collare.

In un modo abbastanza contorto, mi avevano dimostrato quanto tenessero a me.

Guardai Nial, e poi gli altri, e notai che tutti avevano completamente cambiato atteggiamento nell'istante in cui avevo indossato il collare. Nial non aveva esagerato il pericolo che incombeva su di me, e d'improvviso mi sentii una sciocca per essermi opposta e aver messo a repentaglio le nostre vite. Parlai direttamente con lo sfidante di Nial.

"No, e a me che dispiace. È stata la mia mancanza di

comprensione a causare questo casino, ma gli unici uomini che mi interessano sono i miei compagni."

Ander indietreggiò venendomi incontro, e subito dopo anche Nial, impedendomi di vedere i due uomini che erano piombati nella stanza. Il dottore si inginocchiò di fronte al guerriero che Nial aveva lanciato contro la finestra e io sospirai sollevata quando vidi che il braccio del guerriero si muoveva. Non era morto. Bene. Era una colpa di cui non avevo bisogno.

Il secondo dello sfidante parlò per la prima volta. "Ci sono altre donne come te sulla Terra, principessa? Donne che sono disposte a prendere come compagno un veterano contaminato, come ci chiami tu?"

Sospirai. Donne single alla ricerca di meritevoli guerrieri sexy? "Sì. Ce ne sono a migliaia, ma voi *non* siete contaminati."

Il dottore tossì. "Oh, dei, mio principe, farete meglio ad andarvene immediatamente. O li spingerà a invadere la Terra."

"Cosa?" chiesi. "Non è vero. Tutto quello che devo fare è chiamare – o qualunque sia quello che fate voi dallo spazio – la Custode Egara. Vi aiuterà lei a trovare delle compagne. Prende il suo lavoro molto sul serio. Fidatevi di me. Sarà lieta di poterci aiutare."

Non ero sicura di come facevo a saperlo, ma sapevo che quella era la verità. Il guerriero sulla porta inclinò la testa. "La custode Egara della corazzata *Wothar*? Catherine?"

Scostai il braccio di Ander per farlo spostare di un paio di centimetri. Avevo bisogno di guardare quell'uomo in faccia. "Non conosco il suo nome di battesimo, e non ne so niente di questa corazzata. Ma sono abbastanza sicura che lei non sia mai stata nello spazio, perché mi è stato detto che nessuna donna ritorna sulla Terra una volta trovato un compagno."

"È più piccola di te, principessa? Ha gli occhi grigi e i capelli scuri?"

"Sembra lei." Mi accigliai. "Come la conosci?"

"Era la compagna di mio fratello e del suo secondo. Li uccisero entrambi sei anni fa in un'imboscata. Quel giorno perdemmo un intero battaglione." Annuì al suo secondo e si indicò la pelle argentata. "Ci recuperarono diverse ore dopo, ma non siamo mai tornati a casa."

Nial prese la mia coperta rossa e me la avvolse attorno al corpo prima di prendermi tra le sue braccia. Solo allora mi accorsi di aver conversato con due completi sconosciuti completamente nuda. Con un dildo nel sedere. *Mio Dio.*

"Posso camminare, sai?"

Scosse la testa. "Non oggi. Oggi hai già causato troppi problemi, e i tuoi piedi non avevano ancora toccato il pavimento."

Ridacchiai e guardai Ander.

"Andiamo, Ander. È tempo."

Ander si incamminò dietro di noi. Tutti gli altri guerrieri si inchinarono di fronte a Nial, mentre mi trasportava lungo un corridoio pieno di porte. Gli gettai le braccia al collo e appoggiai la testa sulla sua spalla, permettendogli di portarmi ovunque desiderasse. "Dove stiamo andando? È tempo di fare cosa?"

"È tempo di insegnarti con esattezza cosa vuol dire essere una sposa Prillon?"

———

Nial

. . .

TRASPORTAI la mia compagna per il lungo e semplice corridoio e sentii la furia che mi si raccoglieva nel petto. Avrei dovuto vivere il resto della mia vita sulla Colonia. Avrebbe dovuto essere la mia nuova casa. Questo posto, questi uomini, avrebbero dovuto essere il mio futuro – se mio padre avesse fatto a modo suo. Questi uomini, con i quali avevo appena combattuto, che volevano Jessica tutta per loro, erano proprio come me. Guerrieri che avevano combattuto per la coalizione, protetto miliardi di vite su centinaia di pianeti, ma abbastanza sfortunati da essere catturati e torturati dallo Sciame. *Contaminati* dalla quella tecnologia infame e banditi per sempre.

Mi vergognai della mia cecità. Jessica ci aveva fatto notare l'ovvio; non c'era niente di sbagliato in nessuno di loro. Gli impianti dello Sciame erano come delle cicatrici: segni dell'onore, del servizio. Di rispetto. Anzi, gli impianti li avevano resi più forti, più veloci, più letali di quanto non fossero mai stati. Eppure, questi uomini si ritrovavano esiliati sulla Colonia, disonorati e dimenticati. Avevano negato loro una compagna, una famiglia. Li avevano resi indegni, li usavano per fare gli schiavi.

Questo modo scandaloso di trattare i nostri guerrieri sarebbe stata una delle prima cose che avrei cambiato una volta diventato Prime. Guardai il luccichio dorato tra i capelli della mia compagna che si riposava tra le mie braccia, e capii, senza dubbio, che la mia principessa sarebbe stata l'avvocato più feroce di questi guerrieri.

Mi ero sentito fiero guardandola mentre affrontava il dottore, affrontava l'ingiustizia e ci faceva vedere ogni cosa sotto una nuova luce. Le sue parole, i suoi ideali puntavano a proteggere non soltanto i due uomini che l'avrebbero reclamata, ma tutti i veterani delle guerre contro lo Sciame, tutti i guerrieri feriti e sfregiati di questo pianeta. Ero certo che avrebbe combattuto senza tregua contro il sistema figlio dei pregiudizi di mio padre. Era feroce, coraggiosa e appassionata.

La mia compagna perfetta.

Adesso era venuto il momento di reclamarla, di scoparla. Saremmo dovuti fuggire dalla Colonia senza perdere nemmeno un minuto, ma prima dovevo scoparla. Doveva capire quanto fosse potente il nostro legame, e una bella scopata l'avrebbe fatto meglio di mille parole. I collari, oltre a un paio di intensi orgàsmi, avrebbero fatto sì che lei non avesse mai più dubitato della nostra connessione.

Questo non sarebbe stato un legame cerimoniale, il nostro legame permanente, ma sarebbe stato un indizio. Con i collari attorno alle nostre gole, con il nostro seme cosparso sulla sua pelle, le use emozioni e i suoi bisogni erano più che ovvi. Percepivo tutte le sue sensazioni; e allo stesso modo lei percepiva le nostre.

Potevo percepire l'eccitazione che persisteva anche dopo la fine dell'esame. Le era piaciuto. L'aveva amato. Aveva amato lottare contro la stretta di Ander, sapendo che non c'era niente da fare se non arrendersi. Nonostante la situazione insolita, aveva deciso di fidarsi di Ander, di avere fede nel fatto che lui non avrebbe permesso a niente di farle male, mentre lui le stringeva i polsi. Si era messa a suo agio, si fidava di noi ed era stata in grado di sottomettersi all'esame. Non avevo mai visto niente di più bello dei suoi orgàsmi, mentre Ander e io la tenevamo ferma, la proteggevamo.

Aveva perso il controllo, e quelle erano state solo delle sonde mediche. Desideravo scoprire quanto forte potesse urlare di piacere, quando eravamo Ander ed io a scoparla, ad allargarla, a farla venire.

Uno degli uomini ci scortò lungo il corridoio. Premette un pulsante sul muro. Si inchinò. "Una camera privata."

Annuii all'uomo che, appena un minuto fa, Ander aveva preso a pugni in faccia. Non c'era animosità tra di noi, perché l'autorità e il rispetto per i compagni dei nostri guerrieri erano enormi, e il collare attorno alla gola era un segno permanente di possesso. Adesso eravamo suoi. Sia Ander che io saremmo morti per proteggere il nostro diritto di prenderci cura di lei, di essere i padri dei suoi bambini, e di darle piacere.

Ander ringraziò l'uomo e si chiuse la porta alle spalle. Entrai nella stanza. C'erano un letto, un tavolo, una sedia, e un'altra porta che dava su un bagno. Lo spazio era semplice. Basilare. L'unica cosa che importava era che avesse un letto grande e che fossimo da soli.

Il modo in cui aveva risposto alle sonde mediche – dopo che l'avevamo calmata e riassicurata – era stato stupefacente. Era così sensibile. Non solo alla stimolazione, ma alla cinghia che le teneva bloccati i fianchi, ad Ander e alla sua presa salda sui suoi polsi, ai suoi ordini.

La figa della nostra compagna aveva cominciato a bagnarsi non appena Ander aveva cominciato a dare ordini. Jessica non poteva nasconderci la verità, la verità che le era piaciuto venire legata, che si era eccitata sotto la presa salda di Ander. Il suo orgasmo era stato potente, le sue grida avevano echeggiato per tutta la stanza facendomi drizzare il cazzo. Non vedevo l'ora di prenderla, di costringerla a un altro climax.

Era troppo esuberante e caparbia per cedere il controllo a qualcun altro. Era una guerriera, proprio come noi. Ma oggi la sua reazione aveva rivelato la verità a tutti e tre noi: era sì testarda, feroce e sfacciata, ma bramava un compagno abbastanza forte da dominarla, un compagno col quale avrebbe potuto sentirsi abbastanza al sicuro a potersi lasciare andare.

Sarei stato io quel compagno. E così Ander. Se aveva bisogno di sentire il nostro controllo, la nostra autorità quando si trattava di scopare, allora l'avremmo servita a dovere. Non era vergine, ma, a giudicare dallo sguardo sorpreso che aveva avuto in viso quando era giunta al climax, nessun uomo di quelli con cui era stata prima le aveva dato ciò di cui aveva bisogno. Non si era mai sentita tanto al sicuro, non si era mai lasciata andare.

Il fatto che eravamo stati abbinati mi rassicurava: avevo ragione. Desideravo dominarla, stuzzicare il suo corpo e prolungare il suo piacere fino a farla implorare, e lo stoico potere di Ander la eccitava allo stesso modo. Io e Ander avevamo ammesso i nostri bisogni ed eravamo a nostro agio nei nostri ruoli di compagni. Non provavamo a nascondere i nostri desideri più oscuri. La cosa opposta era vera per Jessica. Si comportava come se i suoi stessi desideri la sorprendessero. Mi era chiaro che – con il caos emotivo che le mulinava dentro e arrivava a me attraverso il collare – la mente era in guerra con il corpo. Il suo ego e il suo condizionamento la costringevano a resistere, ma il suo corpo non era capace di mentire. I protocolli di abbinamento del centro elaborazione non mentivano. Aveva bisogno di tutto quello che le avevamo dato.

Ecco perché avevo il cazzo duro come un flauto Prillon, e se non l'avessi scopata al più presto sarei venuto nei pantaloni. Il collare ci connetteva, e io sentivo sia il desiderio persistente di Jessica sia la voglia disperata di Ander. Guardai Ander di sfuggita e lui mi fece un cenno col capo.

L'avremmo presa adesso. Grazie ai collari, noi tre saremmo stati in perfetta armonia. Se non le fosse piaciuto qualcosa, l'avremmo saputo immediatamente. A cominciare da ora.

"Ora che ho questo collare... sono legalmente una sposa Prillon?" chiese.

"Sì. Adesso appartieni a noi." La feci scendere e le sfilai la coperta dalle spalle e la gettai su una sedia nell'angolo della stanza. Adesso non aveva bisogno di coprirsi. "Impareremo tutti i tuoi segreti, Jessica. Non potrai nasconderci niente."

Un brivido le corse lungo la schiena. Abbassò le mani. Se ne stava in piedi, regale come una regina, e il mio cazzo era così gonfio che era sul punto di scoppiare. "Non capisco. Non vi sto nascondendo nulla."

Ander inclinò la testa e sollevò un sopracciglio. "Eccome, compagna. Stai nascondendo qualcosa a tutti, te compresa."

Sentii un'ondata di piacere invadere la nostra connessione, mentre Jessica gli rispondeva. Si leccò le labbra. "Per esempio? Me ne sto qui nuda, con il vostro collare. Che cosa potrei nascondere?"

"Come ti piacerebbe essere scopata," risposi.

Jessica alzò il mento e io trattenni un sorriso.

"Me lo direte *voi* come *mi* piace?" Inarcò un sopracciglio.

"No," risposi semplicemente. "Il tuo corpo rivelerà tutti i segreti che non vuoi ammettere." Indietreggiò di un passo. "Vuoi che ti scopiamo fino in fondo."

"Ti piace il sesso selvaggio," aggiunse Ander. Ander si sollevò l'orlo della maglietta, se la tolse e la gettò sul pavimento.

Jessica puntò gli occhi sul petto di Ander e prese a fissarlo intensamente.

"Devi lasciarti andare, farti dire cosa devi fare."

"Io – no."

"Quando si tratta di farti scopare dai tuoi uomini, devi imparare a cedere il controllo," chiarii. "Potrai anche essere una guerriera, ma quando sei nuda, in mezzo a noi, faremo quello che ti diciamo noi di fare."

Jessica fece un altro passo indietro, il suo petto si alzava e si abbassava e la sua eccitazione cresceva. Si voltò e vidi l'estremità del dildo che le spuntava dal culo. Quella vista mi fece pulsare il cazzo. Feci una smorfia e mi slacciai i pantaloni.

"E se non lo facessi? Che c'è di male?"

Sollevò una mano per massaggiarsi il petto e il collo con un gesto nervoso che mi ispirò una profonda tenerezza. Voleva quello che le offrivamo, ma aveva paura di prenderselo.

"Ti fidi di noi, Jessica? Lo sai che non ti faremo del male, giusto? Pensi che siamo abbastanza forti e disciplinati per proteggerti? Per prenderci cura di te? Ci credi che desideriamo soltanto di darti piacere?"

Bloccò la mano sul collo e chinò la testa. Si guardò i piedi per diversi secondi. Mi sembrarono lunghi un millennio, e dovette essere così anche per Ander. Ander trattenne il respiro. Lo trattenemmo entrambi, aspettavamo la sua risposta, aspettavamo che ci permettesse di rivendicarla. Questa fragile donna stringeva i nostri cuori e la nostra felicità nelle sue mani.

Mi avvicinai a lei e la presi tra le braccia. Premette la guancia contro il mio petto ascoltando il cuore che batteva. La tenni stretta a me, massaggiandole la curva della schiena e del fianco con la mano, mentre Ander ci guardava con un bisogno intenso che sapevo si rifletteva nel mio sguardo. Le misi una mano tra i capelli, tenendola ferma con dolcezza, come se fosse un cristallo delicato.

"Riesci a sentire il battito del mio cuore? Batte per te. Ogni cellula del mio corpo è per te, per tenerti al sicuro, per darti piacere. I collari che portiamo ti marchiano come nostra, compagna; ma, in realtà, siamo noi che apparteniamo a te. Serviamo solo te. Combatteremo per te, uccideremo e moriremo per te. Faremo tutto quello che possiamo per farti sentire al sicuro, protetta, amata. Se ce lo permetti, Jessica." Le afferrai la guancia e le inclinai la testa così da poterla guardare dritta in quei pallidi occhi azzurri. "Di' di sì. Accetta la nostra rivendicazione. Lasciati amare."

Una parola. Era tutto quello che ci serviva per farla nostra per sempre. Una parola ci avrebbe liberati. Ci avrebbe permesso di toccarla, di scoparla, di marchiarla per sempre.

"Sì."

La baciai dolcemente sulle labbra, come per riconoscenza. Non protestai, quando Ander le afferrò la mano e la tirò via. Sapevo che anche lui bramava il suo tocco.

Mi tolsi la maglietta e la gettai a terra. Ander condusse Jessica verso il letto. "Prima però, mia compagna, verrai punita."

"Punita – cosa? Perché?"

Ander camminò attorno al letto tirando Jessica a sé e costringendola ad arrampicarsi sul materasso. Solo quando tutte e due le sue ginocchia si trovarono sulla morbida superficie Ander la lasciò andare e le infilò un braccio attorno alla vita. "Prima ti sei ostinata e non indossare il collare. Abbiamo dovuto fare del male a due fratelli e a danneggiare la stanza per gli esami del dottore."

"Ho detto che mi dispiace. Non avevo capito." Jessica era a quattro zampe. Ander le accarezzò le natiche nude, mentre le si avvicinava per parlarle nell'orecchio.

"Non basta. Ti sei esposta a un pericolo inutile, compagna, e anche dopo che Nial ti aveva avvertita. Ti sei fermata per un attimo a pensare a cosa ti sarebbe successo se io o Nial avessimo perso la sfida?" La colpì forte sul culo.

Smack!

Una manata rosea apparve sulla natica di Jessica, che subito provò a lottare contro la presa di Ander – ma non aveva speranze. Ander la sculacciò di nuovo e la faccia di Jessica divenne rossa. "Che cazzo stai facendo?"

Ander scosse la testa. "Modera il linguaggio, compagna."

La sculacciò un'altra volta. E poi un'altra.

Jessica si affannava sotto la stretta di Ander: i suoi capezzoli erano dei sassolini, i suoi occhi chiusi con forza. Provò con tutta sé stessa a lottare contro l'eccitazione che sentivo le stava inondando la figa. "Che idiozia. Non sono una bambina."

"No, è vero, non lo sei. Sei mia. Sei di Nial. Ti daremo piacere. Ci prenderemo cura di te. E, quando il pericolo sarà vicino, ti proteggeremo." *Smack. Smack.* "Se ci sfidi e metti te stessa in pericolo, ti puniremo. Ti bloccheremo e ti sculacceremo sul sedere nudo fino a quando non diventa rosso acceso e il tuo corpo s'infiamma tutto."

Un accecante desiderio sessuale mi inondò il collare, mentre Ander le parlava. Mi tolsi i pantaloni e mi afferrai il cazzo. Lo guardavo mentre la dominava. Jessica si mordeva le labbra e gemeva, e ogni volta che Ander la colpiva deciso sul culo i suoi seni ondeggiavano sotto di lei.

La sua carne perfetta cambiò rapidamente colore. Il palmo di Ander la colpiva ogni volta in un punto diverso. Il suo culo tremante era innegabilmente affascinante.

"Ander!"

Il mio secondo la sculacciò fino a quando lei non cadde esausta, la sua figa così bagnata che riuscivo a vedere il richiamo brillante della sua eccitazione a due metri di distanza. Ander la colpì ancora una volta, con forza, e poi le affondò due dita nella figa.

"Ti piace un po' di dolore, eh, Jessica? Vuoi che continui

a sculacciarti un altro po'?" Tirò fuori le dita dalla sua figa. Rilucevano bagnate. Le rinfilò più a fondo, e cominciò a massaggiarle il clitoride con il pollice. "Vuoi che ti sculacci più forte?"

Jessica scosse la testa, ma sapevamo che non era così. Ander gemette e la scopò con le dita, infilandole fino in fondo, mentre la lussuria di Jessica inondava i nostri collari. Mi misi al suo fianco e le accarezzai la lunga ed elegante curva della vita, l'occhio fisso sul dildo che aveva nel culo. Mi chinai in avanti avvicinandomi al suo orecchio: "Vuoi che ti scopiamo mentre il dildo è al suo posto? Vuoi che ti allarghiamo fino a farti male, a darti piacere, a farti urlare?"

"Oh, Dio. Non posso. Non posso." Gemette e scosse la testa da una parte all'altra. La colpii velocemente sul culo e mi godetti il dolore acuto che attraversò i nostri collari e l'ondata di calore che venne dopo. Amava essere sculacciata. Amava quello che Ander le stava facendo. Le allargava la figa con tre dita e con una quarta spingeva e tirava il dildo che aveva su per il culo.

Non lo tirò fuori, ma lo mosse abbastanza da allargarle sia la figa che il culo, da farla bruciare, mentre continuava a scoparla con le dita. La sua pelle si inumidì di sudore, le sue dita afferrarono il lenzuolo.

"Te lo sei scordata. I collari ci uniscono tutti e tre. Non puoi mentirci," le dissi. "Posso sentire come lotti, il dolore che provi dentro di te, mentre cerchi di capire come sia possibile trovare tanto piacere nel dolore."

La sculacciai un'altra volta, il forte schiocco risuonò per tutta la stanza.

Questa volta Jessica cominciò a gemere. "Oh, Dio."

"Io non sono un dio, ma puoi chiamarmi padrone." Le afferrai il seno, le tirai il capezzolo e continuai a sculacciarla.

"La tua figa non mente mai. Il collare non mente mai.

Arrenditi, Jessica, non lottare contro i tuoi bisogni, accettali e basta, e ti daremo piacere in modi che non hai mai immaginato. Scommetto che non avresti mai immaginato che farti riempire il culo fosse così piacevole. Non c'è niente di cui vergognarsi. Desideri solamente che i tuoi compagni esaudiscano i tuoi desideri."

Ander abbassò la testa e le morse il culo con dolcezza, forte abbastanza da farla contorcere mentre io le tiravo il seno. Non avremmo ceduto fino a quando non avesse ammesso la verità. Potevamo percepirla attraverso il collare. Lei la sentiva in ogni sua cellula, ma doveva accettarla. Infine, vidi che abbassò le spalle, rilassò le dita, crollò il capo. Si arrese, si arrese di fronte alla padronanza che avevamo del suo corpo, dei suoi bisogni. Della verità.

"Sì, padrone," disse sussultando.

"Vuoi che ti scopiamo?" chiese Ander.

Ander tirò fuori le dita dal suo corpo e Jessica gemette. Ander le avvicinò le dita alla bocca. "Apri la bocca, assapora la perfezione."

E lei così fece, e Ander le infilò due dita tra le labbra. Il sapore le inondò il corpo di desiderio. Infilai un dito dentro di lei e lo tolsi per avere il suo sapore sulla lingua. Era dolce e calda e potevo sentire che il cazzo mi colava. Avevo bisogno di affondare dentro di lei.

Feci un passo indietro e finii di spogliarmi senza smettere di guardare la sua figa, aperta a smaniosa, gonfia e bagnata. Non potevo non godere nel vedere il dildo che le fuoriusciva dal culo. Le sue natiche erano rossastre. Non potevo chiedere altro. Non vedevo l'ora di piantare il mio seme dentro di lei, di rivestire le pareti della sua figa con la mia essenza, di legarci l'uno all'altra. Il suo sapore bastò a trascinarmi verso di lei. Le appartenevo, in modo totale. Nessun'altra donna mi avrebbe mai soddisfatto. Lei mi possedeva, ed era giunto il tempo di estendere il nostro legame.

"Adesso ti scoperò. Metterò il mio grosso cazzo dentro la tua figa smaniosa."

Jessica torse il collo per guardarsi indietro, mentre Ander le teneva il viso sollevato. La sua schiena si inarcò in modo meraviglioso, il suo culo era sollevato e le sue gambe erano spalancate. Mosse i fianchi per accogliermi.

"Ander ti scoperà quella tua boccuccia. Ti mette nei pasticci, compagna, e quindi Ander te la terrà occupata."

Anche Ander finì di spogliarsi. Eravamo pronti per lei. Jessica sollevò la testa e spalancò gli occhi, quando per la prima volta vide il cazzo di Ander. Era lungo e spesso, la cappella era grossa, forse troppo grossa per la sua bocca. Ma lo avrebbe preso. Lo avrebbe preso tutto quanto. Potevo sentirlo. Potevo sentire la voglia che aveva di sentirselo tutto fino in gola.

Una goccia perlacea colò dalla punta.

"Leccalo." Ander si avvicinò, mise un ginocchio sul letto e il suo cazzo sbatté contro la bocca di Jessica. Non poté fare a meno di aprirla, di passare la lingua sulla punta bagnata.

Ebbi quasi un orgasmo vedendo la piccola lingua rosa che ripuliva il fluido dal cazzo di Ander. Jessica gemette e chiuse gli occhi estasiata, l'essenza del seme di Ander le inondò i sensi. Io continuavo a guardarla, stupito, mentre la sua figa si contraeva attorno al vuoto, e mi aspettava.

Non riuscii a trattenermi più. Mi avvicinai a lei, mi afferrai il cazzo e lo allineai alla sua entrata. Le misi una mano sul fianco e la guardai, mentre spingevo in avanti e il mio cazzo spariva dentro di lei, un centimetro alla volta. Mi aggrappai alle sue natiche, allargandole ancora di più, e le labbra della sua figa divamparono attorno alla spessa

lunghezza della mia asta. La carne rosata si allargò per accogliermi fino in fondo.

Allargai le mani e le misi sul suo culo perfetto, posizio-
nando il pollice alla base del dildo che aveva nel culo,
muovendolo dentro e fuori. Il collare mi diceva che Jessica
adorava tutto questo. Prepararsi per essere riempita, essere
scopata... non provava dolore, ma solo un piacere intensissimo.

Spinsi in avanti, glielo misi tutto dentro, fino alle palle,
fino a quando non poteva prendere più, e rimasi lì, così, a
guardarla mentre leccava con passione la punta del cazzo di
Ander. Si eccitava sempre di più a ogni goccia di sperma, e
la sua figa si contraeva attorno al mio cazzo stringendomi
come un pugno.

Mi sporsi in avanti e le afferrai i capelli, intrecciando le
dita attorno a quelle ciocche di seta. Li tirai delicatamente,
la sua testa si spostò all'indietro, nella posizione per prendere Ander. Fino in fondo.

"Apriti, compagna, prendici entrambi." Ander le spinse
il cazzo contro le labbra e glielo infilò in bocca.

Jessica aprì subito la bocca, prendendo tra le labbra la
corona del cazzo di Ander. Senza dubbio non vedeva l'ora di
avere altro seme a bagnarle la lingua.

"Vuoi essere scopata?" Ander le afferrò il mento e lei lo
guardò negli occhi. Emise un suono di assenso, non poteva
parlare con la bocca piena del suo cazzo carnoso.

"Ci prenderai tutti e due assieme. Adesso."

Capitolo Dodici

Nial

ALLE PAROLE DI ANDER, Jessica chiuse le palpebre con uno svolazzo, si spinse contro di me e provò a farsi scopare più duramente.

Ander si negava a lei, immobile, mentre le parlava: "Ti scoperò la gola, mentre Nial ti scoperà quella fighetta calda e bagnata."

Al segnale, uscii da dentro di lei e rientrai con un colpo profondo, tanto profondo che andai a sbattere contro la punta del suo utero. Volevo venire dentro di lei, affogarla con il mio seme, piantare un bambino dentro il suo corpo. Ma ancora non avevamo finito con lei. Lasciai che Ander le parlasse, che la conducesse dovunque volesse andare. Lui sapeva di cosa lei aveva bisogno, sapeva come staccarle il cervello con qualche semplice parola, con degli ordini.

Ander mosse il bacino in avanti e io feci lo stesso. La scopammo all'unisono, ficcandoglielo dentro e fuori allo stesso tempo.

"Non è ancora abbastanza, Jessica. Apri bene la bocca. Prendici. Ingoiami. Dammi di più."

Jessica si sporse in avanti e si infilò Ander fino in fondo alla gola, mentre io continuavo a martellarla a fondo. Era intrappolata in mezzo ai nostri cazzi.

"Brava ragazza. Ora Nial ti scoperà per bene. Vuoi il suo cazzo, non è vero?"

Le afferrai i fianchi, affondando le dita dentro la sua carne morbida. La scopavo a fondo, sempre più veloce, mentre Nial continuava a parlarle. Erano parole oscene. Oscure. E lei le amava. Il suono della sua figa bagnata riecheggiava per tutta la stanza. Ogni volta che glielo ficcavo fino il fondo, il corpo sobbalzava in avanti, e il cazzo di

Ander andava sempre più a fondo dentro la sua gola. Non poteva fuggire, non poteva ritrarsi dai nostri cazzi, mentre la scopavamo e la riempivamo. Ogni volta che rientravo, Jessica gemeva facendo gemere Ander. Le vene del suo collo pulsavano, mentre lottava per mantenere il controllo.

Io avevo lo stesso problema. Il piacere aumentava di continuo, riempiva i nostri collari.

"È fino in fondo, vero, compagna? Vuoi che il tuo principe rimuova il dildo dal tuo culo? Vuoi che ti scopi anche con quello? Vuoi che ti scopiamo in tutti e tre i buchi?"

Ander tirò il cazzo fuori dalla bocca di Jessica e lei si leccò le labbra e lo guardò con occhi di vetro. "Sì."

"Sì, padrone."

"Sì, padrone. Ti prego, ti prego. Sì. Ti prego." Aveva la voce roca, piena di desiderio e disperazione. Aveva smesso di pensare. In quel momento era nostra, totalmente, completamente nostra. Il suo corpo era tutto il nostro universo; i nostri cazzi la ancoravano alla realtà. Amavo vederla in questo modo, persa e smaniosa e completamente libera.

Ander le massaggiò il labbro inferiore con il pollice e si afferrò il cazzo di fronte a lei, massaggiandoselo con vigore, e una goccia di pre-eiaculazione si raccolse sulla punta. Jessica lo guardava, quasi ipnotizzata, mentre lui si piegava in avanti e le spalmava quell'essenza sulle labbra. La sua figa si strinse attorno al mio cazzo con forza, e io mi morsi le labbra per non ringhiare. Afferrai l'estremità del dildo anale e lo tirai fuori per guardare la sua dolce entrata rotonda che si allargava e cominciava ad aprirsi, ma senza tirarlo fuori del tutto.

Lo rispinsi dentro facendola sussultare. Ander le diede l'ordine seguente: "Prendi il mio cazzo, compagna. Prendilo tutto."

Jessica aprì la bocca e lo fece entrare, le guance incavate mentre allargava più che poteva la mascella per accoglierlo tutto quanto. Ander le afferrò i capelli ai lati della testa e io lasciai andare la mia presa sulle sue ciocche dorate così che Ander potesse costringerla ad obbedire. "Riempiti quella gola, lasciati scopare. Sì, così. Di più. Oh, sei bravissima. Più a fondo. *Sì*."

Quando il naso di Jessica toccò i riccioli chiari alla base del cazzo di Ander, io mi tirai fuori e poi lo rificcai fino in fondo, scopandola più forte che potevo. La spingevo in avanti, e il cazzo di Ander le riempiva tutta quanta la bocca.

Ander si tirò indietro per farle riprendere fiato. Io feci altrettanto. Jessica gemette, si sentiva svuotata – il collare ci diceva quello che lei taceva, ci rendeva estremamente consci dei suoi bisogni – e io glielo ficcai di nuovo dentro. Cominciai a scoparla con forza, riempiendola e spingendola verso il cazzo di Ander. Io prendevo lei, lei prendeva Ander. Era in mezzo a noi, si dava tutta a noi.

"Ti piace questo. Ti piace che ti dicano cosa fare. Ti piace stare tra due uomini. Concederti completamente. Ah, guarda, Nial vuole giocare con il tuo culo. Vuole scoparti con quel dildo." Ander sorrise. Il piacere di Jessica ci attraversò il corpo come un'impennata di potere oscuro.

"Non comandi tu, compagna. Non comanderai tu quando ti scoperemo. Perché? Perché è questo quello di cui hai bisogno. Sappiamo cosa vuoi, di cosa hai bisogno. Conosciamo ogni tuo desiderio."

Ander continuava a parlare e tutti e due continuavamo a scoparla. Jessica teneva gli occhi fissi su di lui. Lui le parlava, le scostava i capelli dalla faccia, e lei continuava a prendere il suo cazzo dritto in gola.

"Come facciamo a sapere che ti piace così, selvaggio, perverso? Perché sei la nostra compagna. Un abbinamento perfetto. *Noi* siamo perfetti. Verrai quando te lo ordino io," le disse Ander facendola gemere.

Lei era così vicina, così ansiosa di venire. Io non sarei resistito a lungo. Lei era calda e bagnata, mi spingeva a venire. Ero felice di lasciare che Ander decidesse il ritmo per ora. Lui le dava piacere con le sue parole oscene e gli ordini bruschi, e io ero libero di godermi il corpo della nostra compagna. Ero il principe. Erano anni che comandavo, prendevo decisioni che ricadevano su milioni di vite. Per una volta, ero semplicemente un uomo, libero di concentrarmi completamente sulla mia compagna, di sentire la sua figa bagnata attorno al mio cazzo, il piacere che le correva come un brivido lungo la schiena, mentre tiravo il dildo anale e Ander le scopava la bocca. Ero libero, e stavo scopando l'unica donna di cui mi importasse. In tutto l'universo. Il suo corpo era la mia casa, adesso. Quest'intenso piacere era *mio*.

Quell'unica parola mi riempì la mente come un canto primitivo. Affondai il cazzo dentro e fuori dalla sua figa. *Mia. Mia. Mia.*

Le diedi uno schiaffo sul culo, con forza, e lei gemette attorno al cazzo di Ander, e allungò una mano per massaggiarsi il clitoride. Sapevo che da un momento all'altro il suo orgasmo mi avrebbe afferrato come una tempesta di fuoco di piacere e dolore, e che non sarei stato in grado di resistere.

Stavo per venire.

E poi, l'avrei scopata di nuovo.

———

JESSICA

. . .

O*h. Mio. Dio.*

Non sapevo quando fosse successo, ma mi ero persa in mezzo ai miei due uomini. Per la seconda volta ero completamente fuori di me. Solo questi due uomini sembravano in grado di prendermi. Non avevo idea di quando avessi perso il controllo del corpo, di quando avessi smesso di ragionare. E non mi importava.

Non volevo più pensare. Volevo scopare. Volevo sentirmi completamente libera, appartenere a qualcuno. Ero stanca di sentirmi sola, isolata. Ero stanca di affrontare il mondo senza nessuno accanto. Non avevo più barriere, nessuna volontà di resistere.

Nessuna. Fluttuavo e basta, invasa da una soddisfazione intensa, mentre accoglievo i miei compagni nella mia figa e nella gola. La loro attenzione era come un laser, le loro parole oscene e i loro cazzi duri mi spingevano sempre più vicina al limite, e io godevo nell'essere come mi volevano loro. Mi volevano smaniosa e selvaggia, avevano bisogno che io li accogliessi, che volessi le loro mani, le loro bocche, i loro cazzi e la loro adorazione. Volevo tutto. E loro me lo stavano dando. Mi spingevano fino a farmi tremare le gambe, il cuore era sul punto di scoppiarmi. Il sedere mi faceva ancora male dopo tutto quelle sculacciate, ma anche quello mi aveva eccitata, la calda fitta mi aveva riempito le vene come un fuoco selvaggio. Ero in bilico, e loro mi trattenevano lì, sul precipizio di un orgasmo esplosivo, senza lasciarmi andare, costringendomi a impazzire per l'attesa.

Guardai Ander, mentre avevo il suo cazzo infilato dritto in gola. Il sapore del suo seme era come una droga, non ne avevo mai abbastanza. All'inizio non potevo respirare ed ero andata leggermente nel panico, ma Ander aveva continuavo a stringermi il mento e a fissarmi dritta negli occhi. Sapevo che non mi avrebbe fatto del male, che avrebbe spinto i miei limiti, ma che non mi avrebbe mai messa in pericolo. In quel momento gli avevo dato la mia vita, mi fidavo di lui per prendere un respiro, mi fidavo di lui per essere al sicuro – e così feci del mio meglio per dargli piacere.

Una volta rassicurata, volevo compiacerlo, volevo scoparmelo con la bocca. Aveva un sapore perfetto, virile e oscuro, e la calda sensazione del suo cazzo che pulsava mi fece bagnare ancora di più.

Ander mi tirò i capelli e io alzai lo sguardo su di lui, desiderosa di soddisfare ogni sua voglia, di essere come voleva lui. Indietreggiò e afferrò la base del suo cazzo. "Succhia la punta, compagna. Succhiala come se fosse la cosa migliore che tu abbia mai assaggiato. Succhiala come se dovessi ingoiarmi tutto, a costo della vita."

Sorrisi e aprii la bocca, succhiandogli la punta ed esplorandone i bordi con la lingua. Continuò: "Se non mi fai venire nel giro di un minuto, Nial smetterà di scoparti. Ti lascerà quella tua fighetta tutta vuota."

Anche se sembrava fosse Ander a dare gli ordini, il cazzo il Nial entrò fino in fondo e il suo silenzio mi fece sentire al sicuro. Era la montagna alle mie spalle, la mia ancora, e Ander era la mia tempesta. In questa stanza, con la gente di Prillon, Nial aveva potere assoluto, il potere di un principe. Ma se disobbedire ad Ander significava dover rinunciare al cazzo di Nial che si muoveva dentro di me, allora avrei fatto qualsiasi cosa mi stesse chiedendo.

Lo succhiai, con passione, facendolo fremere e gemere fino a quando la mano cominciò a tremargli, mentre faticava a mantenere il controllo. Non potevo permetterlo. Avevo bisogno che si perdesse dentro di me con lo stesso piacere insensato che loro mi avevano dato. Volevo che mi venisse in bocca. Volevo ingoiarlo e fargli sapere a chi apparteneva.

Che cosa mi aveva reso così? Una donna che obbedisce

prontamente agli ordini di un uomo? Avevo combattuto per tutta la vita contro questo livello di sottomissione, ma eccomi qua, scopata da due uomini come una pornostar. Le parole di Ander avrebbero dovuto farmi sentire degradata, persino sporca. E invece no. Mi sentivo potente così bloccata in mezzo a loro, come una regina di fronte a tutta la corte, con due uomini così assorbiti e ipnotizzati dal mio corpo, dalla mia bocca e dalla mia figa, dalla mia resa, che stavano perdendo il controllo.

Era così eccitante. Mi piacevano le parolacce. Il modo tabù in cui mi possedevano assieme. Ero in mezzo a loro, impalata dai loro cazzi. Non potevo muovermi nemmeno volendo, e diamine, non mi passava nemmeno per la mente di farlo. Li volevo entrambi. Volevo che non potessero più guardarmi senza ricordarsi di tutto questo, senza desiderarne ancora.

Nial afferrò la base del dildo e cominciò a muoverlo dentro e fuori, come se fosse il suo cazzo. Mi sentivo così piena. Mi riempivano ogni buco, scopandomi e allargandomi.

Non avevo chiuso gli occhi, non li distolsi da Ander. Lo guardavo mentre continuavo a succhiarlo, mi concentravo su di lui, gli obbedivo. Volevo che sapesse che ero sua, che lo volevo dentro di me più di quanto volessi respirare.

Il mio *bisogno* di obbedirgli era più grande del mio bisogno di venire.

"Non resisto più," ringhiò Nial, mentre i suoi fianchi mi schiaffeggiavano il culo, spingendo il dildo fino in fondo.

"Jessica," ringhiò Ander. La mia lingua pulsò attorno alla punta del suo cazzo e con tutte le mie forze strinsi la figa attorno al cazzo di Nial. Nial gemette, lo fece di nuovo. Ander ci dava tutto quello che volevamo.

"Conta tre colpi, compagna. Tre colpi del cazzo di Nial. E poi vieni."

Il suo permesso mi attraversò il corpo in volo, come una scossa elettrica, e trattenni il mio orgasmo con uno sforzo enorme, con gli occhi chiusi che vagavano a destra e a sinistra, mentre Nial affondava dentro di me.

Uno.

Il cazzo di Ander si gonfiò dentro la mia bocca.

Due.

Nial mi strinse i fianchi con forza, la sua mano mi afferrò la carne ancora indolenzita dalle sculacciate.

Tre.

Nial mi martellò con forza, riempiendomi completamente. Quando sentii il caldo spruzzo del suo seme che mi riempiva... finalmente venni.

Lasciai andare il cazzo di Ander e lo sentii gemere. Me lo infilò una volta ancora, fino in fondo, e sentii il suo seme che pulsava e mi scivolava in gola, mi riscaldava come uno shottino di whisky.

Il loro seme mi aveva riempito, avevo perso l'equilibrio, ondata di piacere dopo ondata, i capezzoli mi si indurirono, le mie pareti interne si contrassero attorno al cazzo di Nial e al dildo che avevo nel culo. Assaporai il seme pungente di Nial sulla mia lingua, il caldo getto della loro essenza si diffuse dentro di me, cullandomi, drogandomi quasi con il più caldo e il più dolce dei piaceri.

Ander indietreggiò e mi lasciò riprendere fiato. Nial fece lo stesso. Con gentilezza, tirò fuori il dildo e mi massaggiò il clitoride con due dita, e il mio corpo era così carico che immediatamente venni un'altra volta.

E così entrambi gli uomini mi lasciarono, e d'improvviso mi sentii vuota. Collassai sul letto, il sapore penetrante del seme di Ander sulla lingua e quello di Nial che mi colava fuori dalla figa scivolandomi lungo le cosce.

Non riuscivo a riprendere fiato, non potevo muovermi.

Guardai i miei compagni. Avevano i cazzi ancora duri, rossi e lucenti, brillavano della mia stessa eccitazione, della mia saliva, e del loro seme. Se ne stavano l'uno di fianco all'altro, in piedi, e mi guardavano.

"Non abbiamo finito, compagna." Le parole di Ander mi scivolarono sotto la pelle e subito i capezzoli mi si fecero duri, e la figa vuota si fece smaniosa. Loro sembravano sazi, la loro espressione meno intensa, ma i cazzi non si erano sgonfiati nemmeno di un po'. Davvero erano pronti a prendermi un'altra volta?

"Prenderete il mio culo, adesso?" chiesi agli uomini.

Scosse la testa. "Non sei pronta. Ma presto."

"Quindi la... la mia figa?"

Fu Nial a parlare: "La tua figa è mia fino a quando non ti ingravideremo. Il mio seme deve riempirti e attecchire. In quanto maschio primario, il tuo primo figlio è mio di diritto. Una volta che avrai in grembo il mio bambino, noi due ci divideremo quella tua figa dolce. Ma, fino ad allora, e dopo averti addestrata come si deve, Ander prenderà solo il tuo culo."

"Allora –" mi accigliai. "Che cosa volete adesso?" Avevo dato loro tutto.

"Sento il tuo desiderio, non si è estinto," disse Ander.

Era vero. Avrei dovuto essere esausta, svenuta, quantomeno dolorante. Ma non ero niente di tutto ciò. Infatti, smaniavo per averne di più. "Come –"

"Non dimenticarti che conosciamo i tuoi bisogni," disse Nial. Fino ad ora aveva lasciato che fosse Ander a dare gli ordini, ma ora l'intensa espressione che aveva sul viso mi fece credere che ciò stava per cambiare. "Spalanca le cosce e fammi vedere la figa."

La richiesta di Nial avrebbe dovuto scioccarmi, ma non potei far altro che obbedire. Mi avevano dato solo e soltanto piacere, non c'era motivo di stare a discutere. E poi li avevo appena scopati entrambi, e quindi il tempo della modestia era passato.

Lentamente, mi distesi sulla schiena e aprii le gambe. Piegai le ginocchia e lasciai che mi vedessero completamente.

"Ora, fammi vedere come ti tocchi."

Nial si inginocchiò ai piedi del letto e mi afferrò una caviglia. Ander copiò il suo gesto. Erano *proprio lì*, potevano vedere *tutto*. Non potevano vedere le mie pieghe rigonfie. O il seme che mi rivestiva le dita. O il mio clitoride, enorme e pulsante. O l'entrata, che si contraeva smaniando un altro cazzo. O la mia entrata posteriore, forse rossa e ammorbidita dal dildo e da un uso rude.

"Spalma il mio seme su quella figa perfetta," ordinò Nial.

Feci come mi diceva. Sentii il calore che mi scivolava dentro, mi confortava, mi faceva eccitare. *Era* un afrodisiaco. Era come la Bomba S. I desideri dei miei uomini mi avevano drogata.

"Oh, mio Dio," gemetti disegnando dei cerchi sul mio clitoride.

"Leccati le dita," disse.

Mi portai le dita alla bocca e le succhiai. Nial si inginocchiò in mezzo alle mie gambe e mi spinse dentro il cazzo.

Il sapore del seme di Nial prevaricò su quello di Ander, e l'enorme stazza di Nial era sopra di me, mentre il suo cazzo mi allargava. Ander si arrampicò sul letto inginocchiandosi sopra la mia testa. Si spinse in avanti e mi allargò ancora di più le cosce. Nial continuava a scoparmi. Abbassai le mani per afferrare le lenzuola, ma Ander le strinse, me le sollevò sopra la testa e se le mise attorno al cazzo.

"Succhiami le palle mentre lui ti scopa, compagna. Tirami una sega e succhiami le palle fino a quando Nial non ti fa venire."

Oh, Dio! Ander era così perverso, un ragazzaccio. Sollevai i fianchi dal letto e avvolsi le gambe attorno a Nial, gemendo e implorandolo di non fermarsi. Lavoravo il cazzo di Ander con le mani, torcendolo e masturbandolo; il collare ci faceva sentire in perfetta armonia, sapevo perfettamente cosa gli piacesse.

Cercai di riprendere fiato e implorai Nial di scoparmi più velocemente, di massaggiarmi il clitoride, di toccarmi.

Era come un crescendo che aumentava dentro i nostri corpi, la risposta del collare mi riempiva la mente. Sentire il cazzo di Nial che mi scopava. La stretta gioia delle mie mani attorno al cazzo di Ander. La loro soddisfazione, il loro piacere mentre mi inarcavo a gemevo, implorandoli di sbrigarsi e di farmi urlare.

Nial infilò una mano tra di noi e mi massaggiò il clitoride, Ander mi massaggiava e mi tirava i seni. Lo succhiavo, sentivo che cominciava a perdere il controllo, sentivo il caldo fiotto di seme finirmi sui seni. Lo spalmò facendomelo penetrare nella pelle, l'essenza nel suo seme mi fece gridare di piacere all'orgasmo che si scatenò dentro di me.

Nial mi scopò fino a quando fui completamente sazia, intorpidita, e poi si immerse dentro di me riempiendomi fino al limite. Ero perduta. In rovina. Ero sporca, una sgualdrina, completamente loro. Lo amavo. Dio, amavo tutto quello che mi facevano.

Si distesero attorno a me. Nial di fronte, Ander di dietro. Collassammo sul letto, esausti, soddisfatti. Mi guardavano entrambi, le loro mani erano su di me, mi accarezzavano e mi confortavano, mi ringraziavano e mi facevano sapere che ero speciale e preziosa. Che ero loro.

Non mi ero mai sentita così completa e felice in tutta la mia vita.

Non sapevo per quanto a lungo mi avessero accarezzato immersi in quel silenzio tenero, ma d'improvviso un forte bip risuonò nella stanza facendomi zompare come un coniglietto terrorizzato.

Dopo il primo bip ce ne fu un altro, e poi si sentì la voce di un uomo: "Mi perdoni, Principe Nial. È arrivato un messaggio urgente per lei."

"Parla," disse Nial a voce alta.

Gli guardai il viso e sollevai una mano per tracciare gli angoli acuti delle guance e delle sopracciglia. Massaggiai la morbida pelle argentata che gli avevano lasciato i suoi nemici e lasciai che il mio sguardo e la punta delle mie dita viaggiassero giù lungo il suo corpo, lungo la sezione d'argento della sua spalla e giù lungo il suo braccio. Gli afferrai la mano. Lui se la portò alle labbra, imprimendo un bacio sul mio palmo, mentre ascoltavamo il messaggero parlare attraverso il sistema di comunicazione. Provai a non rabbrividire ripensando a quanto forte avevo strillato quando ero venuta. Ogni uomo sulla Colonia aveva capito cosa mi stessero facendo i miei uomini. Erano stati in ascolto fuori dalla porta, e avevano aperto le comunicazioni non appena avevamo finito?

Quel pensiero era mortificante, ma scacciai subito quell'emozione. Non avrei scambiato quello che era successo con nulla al mondo. Diamine, se avessi dovuto lasciare che una stanza piena di uomini mi guardasse godere in quel mondo, non ci avrei pensato su nemmeno per un momento.

"Abbiamo notizie urgenti, Principe Nial. Se potesse

venire nella stanza di comando... a suo piacimento, possiamo aggiornarla."

"Siamo in pericolo?" chiese Nial, e subito Ander si irrigidì di fianco a me. La sua mano sul mio fianco si era bloccata.

"No, principe. Se viene nella –"

"Dimmelo ora," ordinò Nial.

"Va bene," rispose la voce. "È il Prime. Suo padre è stato ucciso. La sua navicella è stata attaccata dallo Sciame. Non ci sono sopravvissuti."

Guardai gli occhi di Nial chiudersi con un po' troppa forza, la bocca sottile mentre serrava la mascella. Ander mi strinse il fianco, come per rassicurarmi, ma io non avevo paura. Mi preoccupavano il dolore e il rimorso che stava provando Nial.

"Grazie per la notizia. È tutto?" chiese Nial.

"No. L'alto consiglio Prillon ha dichiarato che ci sarà un duello mortale per stabilire chi sarà l'erede al trono."

Ander imprecò e Nial aprì gli occhi. Aveva uno sguardo che avrebbe fatto tremare di paura chiunque. "Quando?"

"Domani al tramonto."

"Ovvio." Nial mi guardò, i nostri sguardi si incrociarono, e io provai a comunicargli con gli occhi ero sua, che sarei stata al suo fianco a prescindere da tutto. "Il divieto di trasporto imposto da mio padre è stato rimosso?"

"Sì. Possiamo riportarla a casa in qualsiasi momento."

"Saremo pronti a breve."

"Uhm, signore, c'è un'altra cosa."

Nial si accigliò. "Sì?"

"Il dottore mi ha chiesto di ricordare alla principessa della sua promessa di entrare in contatto con la Custode Egara sulla Terra. Ci sono voci di possibili spose, e ciò sta fortemente disturbando i nostri guerrieri."

Nial mi guardò, negli occhi aveva una domanda. Sorrisi e annuii. Certo. Se una donna umana avesse rifiutato due marcantoni come i miei, sarebbe stata una pazza.

Il sorrise di Nial mi diceva che aveva capito perfettamente perché avevo acconsentito così prontamente. "Certo. La principessa chiamerà la Custode prima della nostra partenza di domani."

"Grazie, signore."

Ander si premette contro di me e mi poggiò la testa sulla spalla. Guardò Nial: "Combatterai per il trono?"

Nial annuì. "Sì. Ma non dovrei. Mi appartiene di diritto."

Ander sbuffò. "Uccidili tutti, Nial. Nessuna pietà."

"Non ne ho."

Non capivo esattamente cosa stesse succedendo, ma sapevo cosa comportasse di solito un duello mortale, e mi sentii lacerata da un centinaio di emozioni che non riuscivo a identificare. Guardai Nial in faccia. Non avrei mai potuto chiedergli di non combattere. Non era così che facevano i guerrieri. Ma avevo tutto il diritto di essere preoccupata. E avrei potuto consolarlo una volta che fosse tornato da me, vittorioso. Perché lui avrebbe vinto. Doveva vincere.

Gli afferrai la guancia. "Se devi ucciderli tutti quanti, fallo in fretta, compagno. E poi ritorna da me. Adesso sei mio."

Sorrise. "Per sempre."

Annuii e trattenni le lacrime. Adesso appartenevo ai miei compagni, anima e corpo, ma quando avrei smesso di sentirmi così bene, avrei indagato sul padre di Nial, su questo stupido duello mortale, e avrei cercato un modo per aiutare Nial a sconfiggere i suoi nemici. Era mio, e nessuno me lo avrebbe portato via.

$\mathcal{A}$nder

IL BAGLIORE ARANCIONE delle stelle che tramontavano riempiva il cielo, mentre io e Nial scendevamo dalla piattaforma di trasporto su Prillon Prime, la nostra compagna in mezzo a noi, e percorrevamo la breve distanza che ci separava dall'arena. I marciapiedi erano già pieni di gente che faceva la fila per assistere al duello. Mentre passavamo, molte persone ci guardarono piene di terrore, alcune con curiosità, ma nessuno aveva uno sguardo benevolo. Nial ed io eravamo più alti della maggior parte degli uomini del nostro pianeta. La nostra stazza, l'armatura e le nostre sembianze alterate erano abbastanza per far strisciare via ogni maschio che incontravamo per la via.

"Da questa parte." Nial ci condusse in un corridoio laterale e io lo seguii, sempre tenendo Jessica al sicuro in mezzo a noi due.

"È bellissimo qui." Jessica portava una lunga vestaglia

rosso scuro, il colore della casa Deston, della casa reale. Il collare che indossava sarebbe rimasto nero fino alla cerimonia di rivendicazione, ma Nial voleva che tutti sapessero con esattezza a chi apparteneva Jessica, e io mi trovai completamente d'accordo. In mezzo all'armatura nera e inadorna indossata dalla maggior parte dei guerrieri, Jessica risaltava come una fiamma in un mare di tenebre.

Ero stato nel palazzo reale soltanto una volta, prima, anni fa, quando venni sfregiato, e il Prime in persona mi aveva appuntato una medaglia sul petto facendo di me un eroe.

Ma io ero un semplice sopravvissuto. Tutta la mia squadra era stata uccisa, e io mi ero ritrovato da solo sull'unica nave che ritornò al comando trasportando le informazioni sullo Sciame. In qualche modo, ero riuscito a mantenere il controllo della mia nave ed ero sopravvissuto alle cannonate. Ero rimasto in vita. I miei compagni erano morti, e il leader del nostro pianeta mi aveva affibbiato l'etichetta di "eroe".

Mi ero ripromesso che non sarei mai più tornato in questo posto. Odiavo ogni cosa: gli alti colonnati di quarzo, l'incessante chiacchiericcio delle centinaia di servi, e lo sguardo terrorizzato dei civili che guardavano un guerriero in armi e lo seguivano con gli occhi pieni di stelle.

I guerrieri erano come delle bistecche di prima qualità sui banchi del mercato della carne. Se sopravvivevamo alla guerra, eravamo considerati dei compagni ideali, gli uomini più pericolosi e forti del pianeta. E a ragione. Se qualcuno avesse osato schernire Jessica, gli avrei rimosso la testa dal collo e avrei calpestato i suoi resti. Questa possessività era nuova, era puro istinto. La mia compagna mi aveva scioccato con la sua lussuria, la sua accettazione, il desiderio che aveva di darci piacere. Ci aveva dato tutto e si era sottomessa completamente, il che avrebbe dovuto farmi pensare che fossimo riusciti a dominarla. Invece mi sentivo onorato dal fatto che lei avesse accettato le mie cicatrici, le mie voglie. Che mi avesse accettato in tutto e per tutto. Mi sentivo amato e, per la prima volta in vita mia, sapevo cosa volesse dire per davvero quella parola.

Amavo Jessica. E ora, qualcosa minacciava di distruggere la nostra nuova famiglia. Quando, senza nemmeno pensarci, mi ero offerto come il secondo di Nial, mi aspettavo di venire rifiutato. E invece quella era stata la miglior decisione che avessi mai preso in vita mia. Quel momento mi aveva portato Jessica, e non avevo nessuna intenzione di rinunciare a lei. Se avesse perso Nial, Jessica sarebbe stata devastata. Si era affezionata a tutti e due noi, ma non avevo potuto fare a meno di notare che quando aveva bisogno di essere spinta, di essere selvaggia e fuori controllo, era da me che veniva. Quando il mondo diventava troppo grande per lei e aveva bisogno di sentirsi al sicuro, ricercava il tocco di Nial, le promesse di cui si fidava.

Aveva bisogno di tutti e due noi, e io non sarei rimasto a guardare mentre soffriva.

Nial navigò attraverso i corridoi e le porte segrete con facilità, e io ero grato che non avessimo avuto bisogno di farci strada attraverso la folla di spettatori. Quando raggiungemmo il bordo dell'area, Nial disse a una guardia di condurre me e Jessica in un'area dedicata. Nial sarebbe entrato nell'arena.

Jessica si gettò tra le braccia di Nial e lo baciò con una tale passione che mi fece indurire il cazzo, nonostante la situazione. Era come fuoco tra le sue braccia, e lo stava marchiando come suo. "Uccidili tutti e ritorna da me. Non dimenticarti: tu sei mio. Il mio principe."

Nial annuì, ma non disse nulla. Portai via Jessica

seguendo una guardia con un'armatura nera fino a un paio di posti vicino al centro dell'arena. Eravamo in prima fila, e un piccolo muretto di pietra era l'unica cosa che separava Jessica dalla battaglia che avrebbe infuriato.

Ci sedemmo e un forte boato risuonò per tutta l'arena. Poi cadde uno strano silenzio. Tutti aspettavano di sentire chi stava per entrare nell'arena.

"Il Principe Nial Deston." La voce rimbombante proveniva da chissà dove, e subito si scatenò un pandemonio. Molti applaudivano. Molti fischiavano. Si cominciò a discutere, la gente cominciò a spintonarsi per provare a vedere meglio quel principe, il principe contaminato, il principe dall'occhio d'argento.

Jessica mi afferrò la mano e io la strinsi. Tenevo l'altra mano fissa sull'arma. Nial si diresse verso il centro dell'arena sotto di noi. Davanti a lui c'erano sette guerrieri in fila che si presentavano all'alto consiglio Prillon.

Quando fu chiamato il nome di Nial, quattro guerrieri girarono i tacchi e uscirono dall'arena senza pensarci un attimo. Jessica si sporse in avanti per guardare uno di loro che spariva in un tunnel. "Dove vanno?"

Non ero un politico, ma sapevo cosa stava accadendo. "Non vogliono combattere, se c'è un legittimo erede al trono. Hanno declinato."

"Oh, grazie a Dio! Così ce ne sono solo tre." Sembrava così contenta che non dissi nulla. Tre o sette non faceva alcuna differenza. Non per Nial.

Guardai Nial fare un passo in avanti. Si inchinò dinanzi all'alto concilio e rivendicò il suo diritto al trono.

"Sono il Principe Nial Deston, figlio del Prime Deston, erede legittimo al trono di Prillon."

Uno degli anziani si sporse oltre il muretto che lo separava dall'arena e fece di no con il dito. "Sei stato ripudiato,

Nial. Tutti sanno che sei stato contaminato, e non sei adatto né per una compagna, né per la corona."

Nial rimase a testa alta. Mi alzai e feci alzare anche Jessica. Nial sollevò la mano e ci indicò. "Posso presentarvi la mia sposa e il mio secondo. Jessica Smith, dalla Terra. E Ander, un leggendario guerriero della corazzata *Deston*."

Il silenzio si tagliava col coltello. La folla provava a trarre un senso dalle parole di Nial. Mai nessun guerriero contaminato era ritornato su Prillon, e di certo non con una sposa e un secondo. Non si era mai sentito.

Due degli sfidanti si inchinarono davanti a Jessica e uscirono dall'arena declinando la sfida. Rimaneva soltanto un guerriero.

Il membro del concilio che aveva appena parlato si rivolse di nuovo a Nial. "Nial Deston, in quanto unico sfidante, nominiamo il Comandante Vertok come nuovo Prime. Che cosa hai da dire al riguardo?" Il nome di Nial fu come un sogghigno.

"In quanto mio diritto, decido di sfidare il guerriero. Sfido il Prime Vertok a un duello mortale per il trono di Prillon Prime." Nial si voltò verso il suo avversario, e tutta la folla si mise a sedere, ansiosa di assistere alla lotta. Tutti tranne Jessica.

Lei restava in piedi, era il simbolo della legittimità di Nial, le sue spalle quadrate e il mento fiero e sollevato sfidavano tutti a mettere in dubbio il valore del suo compagno. Percepivo la sua paura, la sua preoccupazione, ma non si mostravano a nessuno altro. Non l'amassi già, mi sarei innamorato di lei all'istante.

Distolsi lo sguardo da lei con riluttanza e passai in rassegna la folla alla ricerca di eventuali minacce. Non potevo stare a guardare il duello di Nial. Quello lui l'avrebbe vinto per conto suo. Io dovevo pensare a tenere Jessica al sicuro in questo mare di pericolo potenziale.

Soltanto uno dei due guerrieri che ora si stavano danzando attorno sarebbe sopravvissuto, e Jessica aveva bisogno che fosse Nial.

Al suono della campana lo sfidante attaccò Nial provando ad atterrarlo. Nial si scansò prontamente, lo afferrò per il collo e glielo torse in modo brutale, senza pietà.

Il rumore di ossa rotte risuonò per tutta l'arena.

E tutto era finito, proprio come mi aspettavo. Non era stato un duello. Era stata soltanto una morte, ed era giunta con una semplice torsione della mano di Nial. Non c'era uno sfidante, nessuno che gli fosse eguale in tutta l'arena. Forse io avrei potuto mettere alla prova per davvero la sua forza, ma non desideravo sfidarlo.

La folla eruppe in grida di acclamazione e di rinnegazione, a seconda di chi tifavano. Quando il silenzio calò di nuovo, Nial lasciò cadere lo sfidante sul terreno sabbioso e sollevò il braccio sopra la testa.

"Nessun altro desidera morire, quest'oggi?"

Nessuno si fece avanti. La folla si calmò. I membri dell'alto consiglio erano tutti in piedi. Sette vecchie creature con la schiena incurvata e il cipiglio sulla faccia. Il loro portavoce aveva le mani sui fianchi e fissava Nial.

"Anche sei hai vinto, non puoi essere il nostro Prime. Sei contaminato."

Nial fece un passo avanti. "E questo cosa vorrebbe dire?" Si indicò la faccia. "Porto i segni dei guerrieri. Gli impianti dello Sciame sono ovvi segni che ho combattuto il nemico e sono sopravvissuto. Sono qui, di fronte a voi, *contaminato*, come dite voi, e ho sconfitto l'unico sfidante di tutta l'arena. L'ho sconfitto con un semplice gesto del polso e voi osate

chiamarmi indegno? Vuole sfidarmi lei stesso, consigliere?
Se è così, accetto."

Il vecchio balbettava, ma i suoi occhi vomitavamo odio.

"Non sei degno, Nial."

"Perché sono un veterano?" Sapevo che Nial aveva inten-
zionalmente usato quella parola terrestre, e sentii Jessica
riempirsi d'orgoglio. "Perché ho protetto la gente di Prillon
come guerriero e potrei fare altrettanto da leader?"

Nial sollevò le mani per indicare la folla. "Popolo di Prillon. Vi sembro debole o contaminato? Conosco il nemico.
Sono sopravvissuto al nemico. Sono sopravvissuto alla
battaglia con lo Sciame. Adesso ho l'esperienza e la conoscenza necessarie per proteggere questo pianeta. Per
condurlo alla vittoria."

Il vecchio sputò in terra, non sapeva cosa rispondere. Si
mise a sedere e la folla acclamò Nial. Forse c'erano alcuni
che non erano d'accordo, ma la folla era contenta di Nial,
soddisfatta della sua forza e della sua capacità di comando.
E di questa sua bellissima sposa terrestre. I guerrieri che si
erano guadagnati il diritto di rivendicare una sposa erano
ben visti da tutti. Quelli abbastanza fortunati da essere
accettati dalla loro compagna, giudicati degni dalla loro
sposa, lo erano ancora di più. E Jessica, con la sua posa fiera
e gli occhi che erano solo per i suoi compagni, rendeva
chiaro a tutti che lei non solo accettava Nial come compagno, ma lo amava.

Jessica mi lasciò andare la mano e, prima che potessi
fermarla, corse giù per la scalinata e scese nell'arena. Balzai
oltre il muretto di pietra e la seguii per assicurarmi che
nessuno le facesse del male. Nial l'avrebbe protetta, e
anch'io.

Correva. Il suo vestito era come una fiamma liquida che
la seguiva. Si gettò tra le braccia di Nial e la folla esplose.

Guardai la scena con un sorriso. Quella era la mia compagna, la mia famiglia, ed erano sani e salvi.

E non avevo dovuto uccidere nessuno per tenerli al sicuro.

Pensavo che andasse tutto bene, fino a quando due uomini non trascinarono via il corpo del morto e Nial rimase da solo al centro dell'arena. E cominciò un canto.

"Rivendicazione! Rivendicazione! Rivendicazione!"

La folla non stava lasciando l'arena, e la devozione di Jessica nei confronti di Nial ci si rivoltò contro. Jessica si arrampicò su Nial per vedere meglio.

Duecento anni fa, quando il primo sovrano Deston vinse la sfida per il trono; lui e il suo secondo avevano scopato la loro regina sul suolo dell'arena, l'avevano rivendicata davanti a tutti.

La tradizione voleva che io e Nial rivendicassimo Jessica qui, seduta stante, davanti al mondo intero. Quelli che non erano seduti qui ci avrebbero guardati sugli schermi delle loro case o delle loro navi nello spazio profondo. Il duello veniva trasmesso in diretta su tutto il pianeta e a tutti i battaglioni nello spazio.

Nial aveva appena ucciso un uomo di fronte a miliardi di persone. E ora la sua gente voleva assistere al gran finale.

Capitolo Quattordici

JESSICA

MI GETTAI tra le braccia di Nial e lui mi sollevò per darmi un bacio. Potevo sentire la folla che lo acclamava. Sentii tutta la sua adrenalina, tutto il suo potere fluì dentro di me attraverso i collari, raccogliendosi in quel bacio.

Mi rimise a terra e mi scostò i capelli dal viso. "Hai temuto per la mia vita, compagna?"

Scossi il capo e guardai dentro i suoi occhi d'oro e d'argento. "Mai."

"Brava," rispose.

Sentii Ander dietro di me. I miei uomini mi circondavano. Non mi preoccupavo della folla, sapevo che loro due mi avrebbero difesa da tutti quanti. Ero al sicuro. Nial era al sicuro. Eravamo insieme. Ma non ancora...

Rivendicazione. Rivendicazione. Rivendicazione. Il canto riempiva l'arena e uno sguardo che conoscevo fin troppo bene calò sugli occhi di Nial. Lussuria. Amore. Desiderio. C'era tutto.

"Devo essere reclamata," disse. Non era una domanda.

Ander mi scostò i capelli dalla spalla, si abbassò per baciarmi il collo e poi mi sistemò il collare che avevo attorno alla gola.

"Siamo connessi dai collari," disse Nial. "Ma il legame non è ancora completo. Dobbiamo scoparti entrambi. Insieme." Vidi la faccia di Nial piena di voglia, la sentii attraverso il collare, ma sentii anche la serietà che c'era nella sua richiesta.

"Adesso?"

"Sì, compagna. Adesso, in questa arena. Davanti al mondo intero."

Cazzo. Mi girai e passai in rassegna i volti della folla. Non ci guardavano con malizia, o gioia, ma con una serietà che mi faceva tremare le ginocchia. "Perché?"

"In una normale cerimonia di rivendicazione," disse Ander dietro di me, "il compagno primario sceglie i fratelli a lui più vicini e li lascia assistere, di modo che possano promettere che proteggeranno la sua sposa, costi quel che costi."

Mi morsi il labbro ricordando il canto che avevo sentito durante la simulazione nel centro elaborazione. Le voci maschili che mi circondavano e il coro che diceva *Possano gli dei proteggerti e assisterti*.

Nial mi portò una mano alla guancia guardandomi negli occhi. Mi venne voglia di scappare. "Adesso sono io il Prime. L'intero pianeta onora e rispetta la nostra famiglia al di sopra di ogni altra cosa. Desiderano tutti avere l'onore di assistere alla tua rivendicazione, prestare giuramento di servirti e di proteggerti."

"Oh, Dio." Mi appoggiai su di lui provando a ricordarmi di respirare. Questa non era una scopata tanto per avere piacere. Era un atto sacro, un legame che ci univa, me e Nial e Ander, in modo permanente, davanti a miliardi di testimoni.

Questo voleva dire essere una sposa Prillon. Ripensai alla mia idea riguardo all'essere una principessa, ai vestiti eleganti e alle scarpe col tacco alto, all'andare ai balli con un principe perfetto e bellissimo. Questo era la cosa più lontana possibile da quella fantasia. Questo ero io e i miei compagni, e una scopata selvaggia, per terra, di fronte all'intero pianeta.

Mi immaginai le facce della gente mentre ci guardavano scopare, li immaginai che correvano a casa il più velocemente possibile per alleviare i loro pruriti. Mi immaginai le donne che chiudevano gli occhi, piene di piacere, mentre mi sentivano urlare; e gli uomini, i guerrieri tra la folla, che ammiravano il mio corpo, i miei seni, e che invidiavano i miei compagni mentre mi riempivano. L'idea mi fece battere il cuore a mille, e la figa mi si bagnò.

Forse, dopotutto, ero destinata ad essere la regina di Prillon.

Dopo essere stata reclamata, dopo che il mio collare avrebbe cambiato colore, non ci sarebbero stati dubbi: nessuno avrebbe dubitato che fossimo la famiglia reale, che Nial fosse mio, che Ander fosse mio. E che io appartenessi a loro.

Ma questo sarebbe successo solo dopo che loro due mi avrebbero scopata allo stesso tempo. Pensai a come mi avrebbero presa, e un'ondata di desiderio mi attraversò il corpo.

"L'idea le piace," mormorò Ander vicino al mio collo.

"Jessica, questa è una rivendicazione pubblica. Dobbiamo farla qui, di fronte a tutti quanti. Niente privacy. Io sono il loro nuovo leader, e nessuno deve mettere in dubbio la mia cerimonia di rivendicazione. Tutti i cittadini di Prillon hanno il diritto di assistervi, poiché tu e Ander sarete i loro sovrani, sarete parte di me, e tutti debbono sapere, debbono potersi fidare di noi tre. Dobbiamo dimostrare di essere degni di governare su questo pianeta." Le parole di Nial erano chiare. Voleva che sapessi cosa la sua gente – la nostra gente – desiderava.

"Non è la legge," aggiunse Ander. La sua lingua ticchettava sul mio collo che pulsava. "Nial può rifiutarsi se non vuoi farlo."

"Ma?" chiesi, sapendo che c'era dell'altro.

"Ma la gente lo giudicherà morbido, debole, troppo debole per dominare sua moglie."

Scossi la testa. Quello che loro avevano fatto per me mi faceva venire voglia di contraccambiarli in ogni modo possibile. Io ero il legame che li connetteva. Io ero il legame che li rendeva forti. Che *ci* rendeva forti. Se dovevo scoparmeli davanti a un pubblico – un pubblico enorme – l'avrei fatto.

Non mi importava. Non mi sarei rifiutata indebolendo la figura di Nial in quanto leader.

Che guardassero pure. Che mi invidiassero. Mi sarei data a Nial e Ander. E a nessun altro. Ero fiera dei miei uomini. Fiera di far sapere a tutta la gente di Prillon che loro volevano soltanto me, desideravano solo me, che ero solo io che facevo venir loro il cazzo duro. Essere loro era il mio privilegio, e volevo dimostrarlo alla galassia intera.

"Capisco. Farò come dite," risposi.

Ander si girò verso di me. Guardai i miei uomini. Uno scuro, uno chiaro. Uno un leader potente, uno un potente comandante. Mi sarei sottomessa a entrambi, ne avevo bisogno. La mia mente ne aveva bisogno.

Ero loro. Lo sapevo. Era giunto il momento che anche loro lo sapessero.

"Sei sicura, compagna?"

Offrii loro un sorriso, lasciai che la mia accettazione fluisse attraverso il collare e lasciai che loro sentissero la mia contentezza, la pace che provavo. "Quando mi scoperete assieme, saremo legati in modo permanente?"

Nial annuì. "Il tuo collare diventerà rosso e la nostra rivendicazione sarà permanente."

"Lo volete? Volete scoparmi insieme? Adesso? Davanti a tutti?"

"Oh dei, sì." Il corpo si Ander fu attraversato da una scossa, abbassò il mento e mi guardò. Mi voltai verso Nial.

"Io non ho dubbi riguardo al nostro abbinamento. Tu?"

"Mai," giurò Nial. "Questo è per il popolo di Prillon, tu sarai la loro regina."

"E allora darò al mio popolo quello che vuole, e darò ai miei uomini quello di cui hanno bisogno."

Sentii il desiderio pulsarmi dentro e afferrai le loro mani. Erano calde e forti. Potenti.

"Tu non avrai nessun controllo," disse Ander. "Devi sottometterti a noi."

A quelle parole i capezzoli mi si indurirono.

Nial mi afferrò il mento. "Sei una feroce guerriera, ma devi dimostrare di averci scelto, che ci ritieni degni. Dimostrerai il tuo valore, sottomettendoti di tua spontanea volontà ai tuoi compagni."

Ander sorrise. "Dubito che sarà difficile."

Scossi la testa con lentezza al pensiero. "No, mi piace donarmi a voi. Mi piace che voi mi conduciate, prendiate il controllo... nel letto."

Gemetti. Il calore del loro desiderio mi inondò attraverso il collare. Non era giusto. Loro dovevano avere a che fare solo con le mie emozioni e la mia lussuria. Ero inondata dalle voglie e dai bisogni di due guerrieri potentissimi.

"Non c'è un letto qui, Jessica. Ma noi saremo i tuoi padroni."

Nial si sollevò la maglietta corazzata scoprendosi il petto e le spalle enormi. La folla ruggì, quando capì cosa stava per succedere.

"Dillo, Jessica."

"Voi siete i miei padroni."

"Ecco," rispose Nial. Le sue mani mi afferrarono la veste e la lacerarono con la forza di un guerriero. Il tessuto leggero cadde ai miei piedi.

L'acclamazione della folla si fece assordante, un'esplosione di rumore che mi colpì in petto come un pugno. Ero nuda, davanti a un'arena piena di gente. Mi bloccai. Non sapevo se dovessi coprirmi, girarmi, o passeggiare come un pavone. Che cosa si aspettavano?

"Occhi su di me," ordinò Ander, e quasi sospirai sollevata. Inclinai la testa per guardarlo, per vedere quello sguardo severo e pieno d'amore che aveva negli occhi.

"Ascolterai le nostre voci, sentirai i nostri bisogni attraverso il collare, farai come ti diciamo, e riceverai piacere. È l'unica cosa che importa. Hai capito, compagna?"

"Sì, padrone."

Nial si mosse, e io continuai a guardare negli occhi Ander.

"Che cosa ti faremo?" chiese.

Mi leccai le labbra. "Nial mi scoperà la figa, mentre tu mi scopi nel culo."

Nessuno nell'arena poteva sentire quello che stavamo dicendo, ma arrossii lo stesso. Quelle parole oscene mi fecero contrarre le cosce. Non vedevo l'ora.

Ander fece un passo in avanti e mi mise le mani sulle spalle. "Esatto. Sarai in mezzo a noi, compagna. Ci connetterai. Ci legherai tutti e tre. Anche se magari penserai che ti stiamo controllando, in realtà sei tu che detieni tutto il potere."

"Potere?" A cosa si riferiva? Io non avevo alcun potere.

"Senza di te, io e Nial siamo solo due uomini. Guerrieri, certo, ma nient'altro. Sei tu che fai di noi una famiglia. Sei tu che ci darai dei bambini. Sei tu che ci rendi forti."

"Ma sono io a sottomettermi," ribattei.

"Perché lo vuoi. La tua sottomissione è un dono, e noi te ne siamo grati."

Ander mi guardò oltre le spalle. "È giunto il momento."

Prima che potessi dire qualcosa, Ander mi sollevò e mi portò là dove Nial ci stava aspettando.

Le nocche di Nial mi massaggiarono la guancia. "Una sola parola, Jessica, e faremo tutto questo nella privacy della nostra camera da letto."

Ripensai alle parole di Ander. Ero io ad avere il potere. Nial me lo aveva appena dimostrato. Avevo io l'ultima parola. Potevo dire loro che avevo paura, che mi vergognavo, e mi avrebbero portata via senza pensarci due volte. Avrebbero combattuto con quelli che non erano d'accordo solo per farmi felice. Avrebbero fatto di tutto per me.

E quindi io avrei fatto questo. Per loro. Non era nemmeno una decisione, perché anche se tutti quanti mi avrebbero vista nuda, solo Nial e Ander potevano vedere dentro di me, conoscevano i miei pensieri, le mie paure e i miei desideri. Lasciai che l'amore che provavo per loro mi inondasse. La voglia che avevo di compiacerli. Di renderli fieri. Di onorarli davanti al loro stesso popolo. Guardai gli occhi di Nial e parlai, la mia voce calma, piatta. "Il collare vi permette di sentire qual è la verità. Lasciate che parli per me. Ditemi, padroni, che cosa vi dice?"

Sentii l'avvampare dell'orgoglio, del trionfo e del desiderio cocente ritornare dentro di me.

Nial mi poggiò le mani sui fianchi. "Dice che è giunto il tempo di legarti ai tuoi compagni. Per sempre."

"Per sempre," ripetei.

"Per sempre," giurò Ander.

Subito dopo il duello qualcuno aveva portato una sedia in mezzo all'arena. Una sedia, un trono. Non era elegante, adornata, ma sapevo che era il posto di un leader. Aveva un ampio schienale e un sedile imbottito, ma nient'altro. Era la sedia di un guerriero, non un trono decorato con oro o gioielli.

Nial si sedette sul trono. Il leader che reclamava quello che gli spettava di diritto. La folla ruggì esultante. Mi fece cenno di andare da lui con un dito. Camminai verso di lui a testa alta, le spalle all'indietro. Non provai a nascondere il mio corpo. Non me ne vergognavo. Non mi ero mai sentita più bella di così. Sentivo l'esultanza, la gente che mi spronava, che bramava di guardarmi mentre venivo scopata. La mia figa smaniava, sapeva cosa stava per accadere, e sentii la voglia dei miei compagni. Il cazzo duro di Nial era duro e pronto per me. Potevo vederlo che gli gonfiava i pantaloni.

Un passo, due, e mi trovai di fronte a lui. Mi avvolse la vita con il braccio e mi fece posizionare in mezzo alle sue gambe aperte.

"Sei pronta per me?" I nostri occhi erano alla stessa altezza. Scorsi calore, amore. Bisogno.

"Perché non lo scopri da te?" chiesi sfacciatamente.

Nial sorrise e mi mise una mano in mezzo al petto. Poi la fece scivolare lungo di me fino ad afferrarmi la figa, le dita scivolarono in mezzo alle mie pieghe rigonfie, in mezzo alla carne bagnata.

Ander si mosse dietro di me e mi avvolse afferrandomi i seni.

"Mi sta gocciolando sulla mano," disse Nial.

Chiusi gli occhi. Mi toccavano con gentilezza, mi accarezzavano. Riuscivo a sentire la folla, ma il loro fervore cominciava ad affievolirsi, diventava rumore bianco – era lì, ma non era degno della mia attenzione.

"Ci siamo solo noi tre, Jessica. Nient'altro ha importanza," disse Nial infilando un dito dentro di me.

"Ti scoperemo qui, così che tutti vedano, e ci legheremo l'un l'altra. Per sempre," disse Nial. Mi tirava i capezzoli. "E poi ti porteremo via di qui, ti legheremo, e ti scoperemo di nuovo."

"E poi un'altra volta," aggiunse Nial. "Questa è solo la prima volta. Ti rivendicheremo più e più volte quest'oggi."

Le dita di Nial uscirono fuori dalla mia figa e mi sentii d'improvviso vuota. Mi scappò un gemito e aprii gli occhi per vedere Nial che si sbottonava i pantaloni e si tirava fuori il cazzo. Vidi una goccia perlacea di sperma sulla punta, e mi chinai in avanti per leccarla via.

La folla ringhiò di nuovo, più forte, e mi sentii trionfante. Potevo percepire la sorpresa di Nial, il suo desiderio, attraverso il collare. Ander mi sollevò e io incrociai lo sguardo di Nial. Gridò la sua prossima domanda, così che tutti potessero sentirlo.

"Accetti la mia rivendicazione, compagna? Ti concedi a me e al tuo secondo di tua spontanea volontà, o desideri scegliere un altro compagno primario?"

Dei gemiti zittiti ci circondarono e io sentii la più flebile scheggia di tensione in entrambi i miei uomini, mentre aspettavano la mia risposta. Alzai la voce così da farmi sentire da tutti: "Sono fiera di accettarti come mio compagno, Nial. Sono fiera di accettare Nial come mio secondo."

La voce di Nial divenne incredibilmente forte: "Io ti rivendico secondo la cerimonia. Tu sei mia, e io ucciderò qualunque altro guerriero osi toccarti."

La folla eruppe in grida di acclamazione e Nial si sporse in avanti così che potessi sentirlo al di sopra del frastuono. "Cavalcami, fammi entrare dentro di te fino in fondo. Decidi tu il ritmo, compagna."

Anche se erano loro a comandare, questa posizione mi rendeva dominante. Ero io ad avere il controllo, perché loro me lo permettevano. Mi sentii intontita dal potere, dalla mia abilità di farmi bramare dai miei compagni. Volevo che perdessero il controllo, che la lussuria li sopraffacesse. Li volevo disperati e selvaggi.

Posizionai un ginocchio da un lato, uno dall'altro, attorno ai fianchi di Nial, e rimasi lì, così, aleggiando sopra le sue cosce. Nial si afferrò il cazzo eretto, io mi abbassai fino a quando la corona premette contro la mia entrata. I nostri sguardi si incrociarono.

Ecco. Decidevo io, quanto veloce, quanto a fondo. Volevo farlo gemere e scalciare. Volevo dargli tutto, e così mi abbassai su di lui con un unico lungo gesto.

Lasciai cadere la testa all'indietro e gemetti col suo cazzo
che mi allargava, la sensazione di essere piena era solo
l'inizio di quello che sapevo stava per accadere. Le mani di
Nial mi afferrarono i fianchi e mi tennero ferma, il suo cazzo
sepolto dentro di me. Lo aveva infilato tutto, il suo cazzo era
così grande che mi sentivo già reclamata. Nial mosse i
fianchi scivolando sulla sedia. Mi ritrovai col sedere che
spuntava all'infuori.

Ander era proprio lì, in attesa. Mi mise la mano sul
sedere e me lo massaggiò sporgendosi in avanti, posizio-
nando l'altra mano sul bracciolo della sedia.

"Adesso sentirai le mie dita in quel culetto stretto," disse
Ander. E quindi le sentii sobbalzai – ma le volevo. Mi ricordavo di cosa avevo provato, quando Nial mi aveva scopato
con il dildo che avevo nel culo. La sensazione era stata così
intensa che non vedevo l'ora di provarla ancora. Ma questa
volta, già lo sapevo, sarebbe stata ancora più intensa. Il cazzo
di Ander era enorme, e duro, e caldo. Volevo il suo corpo
dietro di me, le sue mani che mi afferravano i seni. Mentre
entrambi mi scopavano. Volevo che Nial si infilasse nella
mia figa con la sua faccia estasiata. Il suo petto era lì per me,
per farsi esplorare, e le sue labbra erano lì per farsi baciare.
Volevo la sua lingua in fondo alla gola. Mi avrebbero fatto
gemere, urlare, e venire, così tante volte che mi sarei dimenticata come mi chiamavo. Gemetti: già mi sentivo smarrita.

"Shh," disse Ander con voce soffice. "Ho messo del lubrificante sulle dita. Lo senti quanto sono vischiose? Metterò il
lubrificante dentro di te, e poi sul mio cazzo, e te lo infilerò
dentro."

Mentre parlava cominciò a spingere e ad allargarmi l'entrata, prendendosi il tempo necessario per far entrare un
dito. Io tenevo gli occhi incollati su Nial. In qualche modo,
Nial rimase immobile; avere il suo cazzo che mi riempiva

bastava a soddisfarlo. Percepivo la sua voglia di scoparmi, di fare dentro e fuori, di ficcarmelo fino in fondo, ma avrebbe aspettato. Mi avrebbero presa assieme.

Ispirai profondamente, quando il dito di Ander fece breccia nella mia entrata posteriore. Sentivo il lubrificante dentro di me. Non so quanto tempo ci volle, ma lui si prese il suo tempo, il suo dito si infilava dentro con facilità, senza alcun problema. Contrassi i muscoli attorno al cazzo di Nial e scossi i fianchi. Ero pronta per Ander. Lo volevo dentro di me. Volevo entrambi i miei compagni. Avevo bisogno di sentirmi presa, posseduta, reclamata. Volevo che tutti su questo dannato pianeta sapessero che questi due uomini erano miei. Mi appartenevano. Ero l'unica donna dell'universo che poteva dar loro piacere.

Miei.

Ander, forse grazie al collare che gli permetteva di percepire le mie sensazioni, si prese cura di me in modo perfetto. Tutt'insieme, tirò fuori il dito e lo vidi con la coda dell'occhio, mentre si tirava fuori il cazzo dai pantaloni e lo rivestiva di lubrificante. Era rosso e gonfio, pulsante, smanioso, brillante e unto.

Nial mi afferrò il mento e mi fece voltare verso di lui.

"Una volta che Ander sarà dentro quel culo vergine, ti scoperemo."

Spalancai gli occhi, quando sentii il cazzo di Ander in procinto di penetrarmi da dietro, e poi spinse in avanti. Chiusi gli occhi. Sentii le parole oscene di Ander, e mi eccitai ancora di più.

"Respira, Jessica. Pensa a quanto sarà bello. Riesci a percepire quanto Nial ti desideri? Si sta trattenendo. La tua figa è così calda e stretta che gli fa male. Sei perfetta per noi. Solo così lui potrebbe venire." Ander parlava e si spingeva sempre più avanti. "Mi arrapi così tanto, il mio cazzo non vede l'ora di essere dentro di te. Rilassati, respira, senti il nostro bisogno."

Sospirai e mi concentrai sul potere del collare, sulla connessione che condividevo con i miei compagni. Lasciai che il piacere mi inondasse. Sospirai, felice. E, d'improvviso, Ander si spinse oltre lo stretto anello. Era dentro.

Urlai, aprii gli occhi e guardai Nial.

"Ecco. Quanto sei brava. Sei così stretta." Era il turno di Nial di rassicurarmi. Ander era come sopraffatto dal riempirmi lentamente il culo col suo cazzo spesso da non riuscire a parlare.

Inarcai la schiena, permettendogli di entrare più a fondo. Non c'era dolore, solo l'incredibile sensazione di venire riempita. Non sapevo se ci entravano entrambi, ma ne volevo di più. Li volevo dentro di me. Vidi che Ander stringeva con forza i braccioli della sedia, le nocche bianche per lo sforzo. Erano là ancora. Li usava per spingersi ancora più a fondo. Le mani di Nial erano sui miei fianchi. Non mi muovevo. Ero come catturata – intrappolata – tra di loro.

La loro pelle irradiava calore; il loro odore muschiato, l'odore della scopata, ci turbinava attorno.

Sentii i fianchi di Ander contro il mio sedere e sapevo che lo avevo accolto tutto quanto.

"Adesso sei mia, Jessica Smith," sussurrò Ander avvicinandosi alle mie labbra. Mi sollevò e mi fece ricadere sul suo cazzo, mentre Ander faceva dentro e fuori.

Cominciarono a scoparmi, alternando i loro movimenti. Non potevo fare altro che stare lì, le mani aggrappate alle spalle di Nial.

Non facevo nulla. Lasciavo che mi scopassero e basta. Che prendessero entrambi i miei buchi nel modo che preferivano. In un modo che sapevo bramavano.

Allungai la mano dietro la schiena e trovai quella di

Ander. Gli afferrai i polsi e li sollevai per farmi afferrare il seno. Ander ridacchiò, ma mi diede quello che volevo.

Poi, seppellii le mani tra i capelli di Nial e gli tirai la testa contro la mia reclamando la sua bocca con un bacio. Avevo la testa all'indietro, costringendo la sua bocca a spingersi in avanti, chiedendogli in silenzio di baciarmi come se volesse scoparmi la bocca.

Non potevo muovermi, respirare, ogni parte del mio corpo si sentiva totalmente reclamata, adorata dai miei compagni, e allora mi lasciai andare alla deriva, mi fidavo di loro: mi avrebbero dato quello di cui avevo bisogno. Si sarebbero presi cura di me.

Non mi fecero male, ma non furono gentili. Non era doloroso, ma intensissimo. Non era dolce o tenera, ma una scopata sudaticcia, eccitante, bagnata.

E la amavo. Stavo per venire, e niente me lo avrebbe impedito. Mi irrigidii, i miei muscoli si strinsero attorno ai miei compagni, costringendoli a emettere dei suoni gutturali dal fondo della gola. "Padroni, io... io non posso –"

"Vieni, compagna. Vieni per noi e fa sapere a tutti quanti che ci appartieni."

Mi ero dimenticata della folla, ma le parole di Nial non fecero altro che costringermi a saltare oltre il precipizio. Urlai di piacere e strinsi i loro cazzi. Tutti potevano vedermi, mentre venivo. Potevano vedere quanto i miei uomini fossero bravi a darmi piacere. I miei compagni mi facevano sentire amata e al sicuro. Mi avevano ridotta in frantumi, e ora stavano rimettendo insieme ogni singolo pezzetto.

Lasciai cadere la testa all'indietro, sul volto avevo un sorriso enorme. Mi spinsi contro i miei compagni e contrassi i muscoli interni con tutta la forza che avevo. Il collare attorno alla mia gola vibrò, e poi divenne caldo. Mi chiesi se avesse già cambiato colore, se la prossima volta che l'avrei visto sarebbe stato rosso, proprio come quello dei miei compagni. Erano miei, per sempre, e mi davano piacere. Ero fiera che l'intero pianeta avesse assistito a tutto questo.

Il calore mi pulsava attorno al collo, sempre più intenso, e sentii i duri colpi di Ander, sentii che mi riempiva col suo seme, con la sua essenza. Nial ringhiò e si gonfiò dentro di me. Si teneva aggrappato ai miei fianchi, e lo sentii venire, il suo seme spruzzò dentro di me. Ero piena, traboccavo del loro marchio, della loro rivendicazione. Mi sentivo bene, completamente presa.

Sentii il loro piacere attraverso il collare, e venni di nuovo. Il collare era bollente, l'intensità di tutte quelle sensazioni mi fece lacrimare gli occhi. Tutte quelle emozioni erano troppo per il mio povero corpo umano.

Chiusi gli occhi e crollai tra le loro braccia. I profondi respiri degli uomini erano l'unica cosa che riuscivo a sentire. I loro cazzi dentro di me, il loro seme caldo, le spalle di Nial. Sentivo solo questo. Il profumo dei nostri atti carnali. Solo questo.

Lentamente, riaprii gli occhi e vidi il sorriso arrogante di Nial e, più in basso, il rosso del suo collare. Toccai il mio e capii che anche quello era rosso.

"Voglio restare qui, così," mormorò Ander baciandomi sul collo. "Sepolto nel tuo culo."

Contrassi la figa di piacere e Ander ridacchiò.

"So che anche tu lo vuoi. Piccola ragazzina perversa."

Inclinai la testa e guardai Ander. Era felice, rilassato... sazio.

"Vuoi restare sepolto nel mio culo, compagno?" Contrassi i muscoli e lui mi baciò.

"Oh, dei, sì. Ma, poiché sarebbe abbastanza difficile camminare in questa posizione, forse possiamo separarci abbastanza a lungo da portarti in qualche luogo più appartato."

"Le stanze del Prime. Le nostre stanze," disse Nial.

Ander si ritrasse con cautela e Nial mi sollevò. Mi alzai, mi tremavano le gambe. La folla era entusiasta. Nial alzò la mano e cadde il silenzio. Tutti gli occhi erano puntati su di lui.

"Io sono Nial Deston, il vostro Prime. Questo è il mio secondo, Ander. E questa è la nostra compagna, Lady Jessica."

La folla si alzò in piedi e parlò all'unisono: "Possano gli dei proteggervi e assistervi."

Quella benedizione mi fece correre un brivido lungo la schiena. Ogni paio d'occhi era scuro e serioso. Mi portai la mano alla gola, ansiosa di vedere da sola il colore del mio collare. Il seme dei miei compagni mi colò lungo le cosce, ma non mi mossi. Ero una regina. Sapevo che, senza i miei compagni, non mi sarei sentita così potente, così invincibile. Li *sentivo*. La loro felicità, la loro soddisfazione, il loro amore.

Li guardai, prima l'uno, poi l'altro. "Mi amate?"

"Sì, compagna. Ti amo," disse Ander.

"Amore è una parola meschina per descrivere ciò che provo." Nial si inchinò di fronte alla folla per ricevere la benedizione.

"Ma –"

"Il collare non mente, compagna. E nemmeno noi," disse Nial.

Sentii che diceva il vero, glielo vedevo negli occhi. Lo sentivo nelle mani che stringevano le mie, nel legame che c'era tra di noi.

Ander mi sollevò e mi portò fuori dall'arena, Nial un passo dietro di noi. La vecchia me, la terrestre, sarebbe morta per l'imbarazzo, dopo che un intero pianeta l'aveva vista mentre scopava con i suoi compagni. Ma la nuova me, la forte donna circondata dai due guerrieri che l'amavano? Non gliene fregava niente.

Che guardassero pure. Che vedessero quanto eccitanti fossero i miei compagni. Che mi sentissero gridare, che invidiassero il mio piacere.

Appoggiai la testa sul petto di Ander e lasciai che il mio amore fluisse attraverso il collare. L'indomani mi sarei preoccupata di sapere cosa volesse dire essere una regina. Avrei esplorato il mio nuovo pianeta e avrei imparato come servire e onorare questa fiera razza di guerrieri. Ma, adesso, volevo solo annegare nella mia felicità. Non ero mai stata così felice in vita mia. "Grazie."

Nial mi guardo, ma fu Ander a parlare. "Per cosa? Se è per averti scopato, credimi, il piacere è nostro."

Sorrisi. Gli occhi mi si riempirono di lacrime. Ci era mancato poco che mi perdessi tutto questo. La mia vita sarebbe stata completamente differente senza di loro. "Per essere venuti sulla Terra. Per avermi salvata. Per avermi presa con voi e per essere miei."

"Noi siamo tuoi, Jessica. E te lo dimostreremo finché saremo in vita, ogni giorno." Nial allungò una mano e mi asciugò la lacrima.

"Ancora... e ancora... e ancora." Ander sarebbe potuto andare avanti ancora per molto, ma gli misi un dito sulle labbra per zittirlo. Potevo solo immaginare quali fossero i loro piani, ma riuscivo solo a sentire un bisogno delizioso di resa, di essere come loro mi volevano. Dovevo dire solo una cosa.

"Sì."

L'applauso del popolo di Prillon cominciò a svanire,

mentre i miei due compagni mi portavano fuori e desideravano con tutto il cuore di cominciare la nostra vita assieme.

––––––––

Leggi Unita alla bestia ora!

Dopo che due dei suoi fratelli vengono uccisi in una battaglia contro l'inarrestabile forza aliena che minaccia l'intera Coalizione Interstellare, Sarah Mills si offre volontaria per unirsi alla lotta, nel tentativo di riportare a casa il suo ultimo fratello sopravvissuto. Quando per errore viene assegnata come sposa anziché come soldatessa, Sarah rifiuta l'abbinamento. Ma il suo compagno ha altri piani...

Dax è un signore della guerra di Atlan e, come tutti gli uomini della sua razza, la bestia primordiale è in agguato dentro di lui, pronta a emergere nella furia della battaglia o nella frenesia dell'accoppiamento. Quando scopre che la sua sposa ha scelto di combattere in prima linea piuttosto che condividere il suo letto, Dax decide di scovarla per dare alla bestia ciò che vuole.

Sarah non è troppo felice quando l'imponente bruto che la reclama come sposa arriva all'improvviso nel mezzo di una battaglia, e il suo disappunto si trasforma in una furia quando la presenza di Dax intralcia la sua missione e porta alla cattura di suo fratello. Ma, dopo che il suo ufficiale in comando si rifiuta di autorizzare una missione di salvataggio, l'unica speranza che Sarah ha di salvare ciò che resta della sua famiglia è accettare l'offerta di aiuto di Dax, anche se ciò significa ricambiarlo dandosi a lui.

Sebbene eccitato per aver trovato la sua sposa ribelle, Dax presto scopre che Sarah non è come le miti e sottomesse donne del suo pianeta. Se la vuole, dovrà domarla, anche utilizzando le robuste mani contro il suo fondoschiena, se necessario. Ma Dax non vuole semplicemente Sarah, lui ha bisogno di lei. Potrà lei soddisfare la terribile bestia dentro di lui prima che perda completamente il controllo?

Leggi Unita alla bestia ora!

ISCRIVITI ALLA NEWSLETTER

Iscriviti alla mia mailing list per essere il primo a sapere di nuove uscite, libri gratuiti, prezzi speciali e altri omaggi di autori.

http://ksapublishers.com/s/bw

ALTRI LIBRI DI GRACE GOODWIN

Programma Spose Interstellari

Dominata dai suoi amanti

Il compagno prescelto

La compagna dei guerrieri

Rivendicata dai suoi amanti

Tra le braccia dei suoi amanti

Unita alla bestia

Domata dalla bestia

La compagna dei Viken

Il Figlio Segreto

Amata dalla bestia

L'amante dei Viken

Lottando per lei

Programma Spose Interstellari: La Colonia

La schiava dei cyborg

La compagna dei cyborg

Sedotta dal Cyborg

La sua bestia cyborg

ALSO BY GRACE GOODWIN

Cyborg Seduction

Her Cyborg Beast

Cyborg Fever

Rogue Cyborg

Cyborg's Secret Baby

Her Cyborg Warriors

Interstellar Brides® Program: The Virgins

The Alien's Mate

His Virgin Mate

Claiming His Virgin

His Virgin Bride

His Virgin Princess

Interstellar Brides® Program: Ascension Saga

Ascension Saga, book 1

Ascension Saga, book 2

Ascension Saga, book 3

Trinity: Ascension Saga - Volume 1

Ascension Saga, book 4

Ascension Saga, book 5

Ascension Saga, book 6

Faith: Ascension Saga - Volume 2

Ascension Saga, book 7

Ascension Saga, book 8

Ascension Saga, book 9

Destiny: Ascension Saga - Volume 3

Other Books

Their Conquered Bride

Wild Wolf Claiming: A Howl's Romance

I LINK DI GRACE GOODWIN

Puoi seguire Grace Goodwin sul suo sito, sulla sua pagina
Facebook, sul suo account Twitter, e sul suo profilo Goodread
usando i seguenti link:

Web:

https://gracegoodwin.com

Facebook:

https://www.facebook.com/profile.php?id=100011365683986

Twitter:

https://twitter.com/luvgracegoodwin

Goodreads:

https://www.goodreads.com/author/show/
15037285.Grace_Goodwin

L'AUTORE

Grace Goodwin è un'autrice di successo negli Stati Uniti e a livello internazionale, di romanzi di fantascienza e paranormali. I titoli dell'autrice sono disponibili in tutto il mondo in più lingue nel formato e-book, cartaceo, audio e app di lettura. Due migliori amiche, una l'emisfero destro e l'altra quello sinistro, compongono il pluripremiato duo di scrittrici Grace Goodwin. Sono entrambe madri, appassionate di escape room, avide lettrici e intrepide bevitrici delle loro bevande preferite. (Potrebbe esserci o meno una guerra tra tè e caffè in corso durante le loro comunicazioni quotidiane.) Grace ama ricevere commenti dai lettori.

CPSIA information can be obtained
at www.ICGtesting.com
Printed in the USA
BVHW030230281021
620042BV00009BA/181

9 781795 903196